Die drei ??? Kids
Band 3

Invasion der Fliegen

Erzählt von Ulf Blanck

Mit Illustrationen von Stefanie Wegner

KOSMOS

Umschlagillustrationen und Innenillustrationen von Stefanie Wegner, Hamburg

»Invasion der Fliegen« ist der dritte Band der Reihe »Die drei ??? Kids«
In dieser Reihe sind außerdem bei KOSMOS erschienen:
Panik im Paradies (3-440-07789-6)
Radio Rocky Beach (3-440-07791-8)
Weitere Bände sind in Vorbereitung.

Dieses Buch folgt den Regeln der neuen Rechtschreibung.

Die Deutsche Bibliothek – CIP-Einheitsaufnahme:
Blank, Ulf:
Die drei ??? Kids / erzählt von Ulf Blank. Ill. von Stefanie Wegner. – Stuttgart : Kosmos
Bd. 3. Invasion der Fliegen. – 1999
ISBN 3-440-07793-4

ISBN 3-440-07793-4
Printed in Czech Republic / Imprimé en République tchèque
Grundlayout: Friedhelm Steinen-Broo, eSTUDIO CALAMAR
Herstellung: Die Herstellung, Stuttgart
Satz: Steffen Hahn Satz & Repro GmbH, Kornwestheim
Druck und Bindung: Těšínská Tiskárna, Český Těšín

Die drei ??? Kids
»Invasion der Fliegen«

Fliegenparade

Es war sehr früh an diesem Morgen. Gerade zeigten sich die ersten Sonnenstrahlen am Horizont und in Rocky Beach lag alles noch friedlich in den Betten.

Justus Jonas wälzte sich in seinen Kissen und träumte von kleinen Außerirdischen, die auf seiner dicken Nase Bergsteigen übten. Mit ihren winzigen Füßen trippelten sie auf und ab, legten zwischen seinen Augen eine Pause ein und spazierten dann wieder fröhlich an den Lippen entlang. Im Halbschlaf versuchte Justus die Plagegeister zu erwischen. Doch leider traf er immer wieder ins Leere, und es sah aus, als würde er sich selbst ohrfeigen. Als dann noch eines von den frechen Wesen in ein Nasenloch krabbeln wollte, war es mit Justus' Schlaf endgültig vorbei.

Er öffnete langsam seine Augen, blinzelte in den Raum und entdeckte auf seiner Nasenspitze eine fette Fliege. Sie schien ihn anzugrinsen. Ohne zu atmen, hob Justus seine Hand und bewegte sie lautlos auf die Fliege zu. Gerade wollte er blitzschnell zuschnappen, als aus der Küche ein ohrenbetäubender Lärm kam. Erschrocken sprang er auf. Die Fliege brummte verwirrt zum Fenster und versteckte sich hinter der Gardine.

»Diese Mistviecher! Wo kommen die nur alle her?«, hörte er Tante Mathilda von unten schimpfen.

Neugierig stolperte er die Treppe hinunter. Sie kam gerade aus der Küche gelaufen und fuchtelte wild mit einer Fliegenklatsche herum.

»Was ist denn los?«, fragte Justus und rieb sich müde die Augen.

Plötzlich blieb Tante Mathilda wie versteinert stehen und starrte ihn an. »Beweg dich nicht, Justus! Bleib genau da stehen!« Ganz langsam, Schritt für Schritt kam sie auf ihn zu und holte mit der Klatsche aus.

Blitzschnell ging er in die Hocke und die Fliegenklatsche sauste über seinen Kopf hinweg.

»Fast hätte ich sie erwischt«, ärgerte sie sich und nahm die Verfolgung auf.

»Fast hättest du mich erwischt!«, rief Justus ihr hinterher. »Was ist heute eigentlich los?«

Tante Mathilda kam zurück in die Küche und setzte sich erschöpft auf einen Stuhl. »Ich weiß es nicht, Justus. Tut mir Leid wegen eben. Aber all diese Fliegen plötzlich im Haus ... Ich hasse diese Brummer!«

Jetzt erst erblickte Justus das Ausmaß von Tante Mathildas Fliegenschlacht. Vor dem Fenster lag ein zerbrochener Blumentopf, auf dem Boden kullerten

Gewürzdosen und an den Wänden klebten zahllose zerdrückte Insekten.

»So viele Fliegen hatten wir noch nie um diese Zeit. Guck dich mal um, Justus! Überall sitzen sie. Für jede, die ich erwische, kommen zehn neue. Und ich kann mir auch schon denken, wer an dieser Fliegenplage schuld ist.«

In diesem Moment kam Onkel Titus verschlafen zur Tür hereingetrottet.

»Er ist schuld«, entschied Tante Mathilda und zeigte mit der Klatsche auf ihn.

»Woran bin ich schuld?«, fragte Onkel Titus verwirrt.

»An den vielen Fliegen. Ich hab es immer gesagt: Das ganze Gerümpel auf deinem Schrottplatz vor dem Haus zieht Ungeziefer an. Heute sind es Fliegen, morgen vielleicht die Ratten.«

»Und übermorgen kommen dann die Geier«, lachte Justus.

Im nächsten Augenblick bereute er seinen Scherz, denn Tante Mathilda stürzte sich sofort auf ihn: »Du brauchst gar nicht so zu lachen, Justus. Dein Zimmer oben sieht auch nicht viel besser aus. Es wird Zeit, dass wir Haus und Hof wieder gründlich reinigen!«

Glücklicherweise klingelte es in diesem Moment an der Tür.

»Tut mir Leid, Tante Mathilda, heute kann ich nicht. Ich werde abgeholt und muss sofort los!«, rief Justus und rannte erleichtert zur Tür. Gleichzeitig schlich sich Onkel Titus in den Flur.

»Und du? Wirst du auch abgeholt?«, wollte Tante Mathilda von ihm wissen. Titus Jonas beschleunigte seinen Schritt und rief zurück: »Nein, ich muss in die Stadt und einen ... äh, einen gebrauchten Industriestaubsauger abholen! Außerdem ist das auf dem Hof kein Gerümpel, sondern Wertstoff«, ergänzte er und verschwand im Keller.

An der Haustür warteten währenddessen ungeduldig Bob Andrews, Bobs Vater und Peter Shaw. Peter wollte gerade zum zweiten Mal klingeln, als Justus die Tür aufriss und seine Freunde begrüßte.

»Tut mir Leid, ich muss nur schnell noch mal hoch und mir was anziehen. Ich bin sofort wieder bei euch.«

Wenig später kletterte er ins Auto von Bobs Vater und sie fuhren davon.

Justus in Dosen

Bobs Vater war Reporter bei einer großen Zeitung in Los Angeles. An diesem Tag wollte er einen Bericht über die ›Bock Wurstwaren KG‹ schreiben. Diese Fabrik war seit Generationen in Rocky Beach ansässig und wurde heute nach langen Modernisierungsarbeiten offiziell neu eröffnet.

»Ich finde das total klasse, dass Sie uns mitnehmen, Mister Andrews«, bedankte sich Peter und legte den Gurt an.

Bobs Vater bog auf die Hauptstraße ein und erklärte: »Nun ja, diese Reportage ist sicherlich keine der interessantesten. Da werden viele Leute stundenlange Reden halten und am Ende gibt es ein kaltes Büfett.«

»Das mit dem Büfett klingt aber sehr interessant«, bemerkte Justus, der noch nichts gegessen hatte.

Bobs Vater lachte. »Selbst das wird wohl nicht so spannend werden. Ich denke, da gibt es nur Sachen, die in der Fabrik hergestellt werden. Also, Wurst: Fleischwurst, Jagdwurst, Blutwurst, Grützwurst, Wurst in Dosen, Wurst in Scheiben und, und, und ...«

»Justus ist das Wurst, Papa. Der isst alles, wenn er Hunger hat. Und eigentlich hat Justus immer Hunger«, grinste Bob und fast alle mussten lachen.

»Lassen wir uns überraschen«, schmunzelte Bobs Vater. »Viel mehr weiß ich auch nicht. Ich weiß nur, dass diese Wurstfabrik eine der modernsten Anlagen der Welt sein soll. Alles geht vollautomatisch und am Ende kommen die fertig verpackten Wurstdosen heraus.«

Sie mussten quer durch die Stadt fahren, kamen aber schnell voran. Um diese Zeit war kaum jemand auf den Beinen.

Bob blätterte in einem Prospekt der Fabrik: »Guck mal, auf diesem Bild sieht man eine der Wurstmaschinen. Stellt euch vor, man fällt oben in diesen Trichter rein. Dann gibt das ein großes Gematsche und unten kommt man verpackt in

Dosen wieder raus.« Bob machte schmatzende Geräusche und grinste Justus an. »Aus dir würden die bestimmt über 200 Dosen bekommen. Ich stell mir gerade vor, wie das aussieht: Justus in Dose. Garantiert aus Bodenhaltung und jetzt besonders günstig.« Er wollte gerade laut loslachen, bemerkte aber, dass er der Einzige war, der das lustig fand.

Sein Vater schien es überhört zu haben und bat Bob das Handschuhfach zu öffnen. »Dort muss meine Reportertasche sein. Kannst du die bitte herausholen, wir sind bald da.«

Justus beugte sich nach vorn. »Eine Reportertasche?«, fragte er neugierig. »Was ist denn da alles drin?«

»Du kannst ja mal reingucken«, bot ihm Bobs Vater an und zählte auf: »Das Wichtigste ist der Schreibblock an der Seite. Dann hab ich noch einen Fotoapparat eingepackt, meinen Terminkalender und irgendwo dazwischen muss mein Presseausweis stecken.«

»Und was ist das?«, fragte Justus und hielt ein kleines Gerät in die Luft.

Bobs Vater sah in den Rückspiegel. »Das ist mein Diktiergerät. Wenn es schnell gehen muss, spreche ich meine Reportage auf Band und schreibe es später einfach ab. Das Interview mit Bertholt von Bock, dem Fabrikbesitzer, werde ich auch damit aufnehmen. Im Grunde genommen ist es ein kleiner Kassettenrekorder.«

Die drei Freunde untersuchten interessiert das Gerät. Bobs Vater fuhr währenddessen fort: »Als Reporter ist man immer auf der Suche nach ungewöhnlichen Geschichten. Ständig muss man die

Augen offenhalten nach Dingen, die einem sonderbar vorkommen. Am Anfang jeder Reportage steht Neugierde. Wenn ich nicht neugierig auf eine Geschichte bin, wie sollen es dann meine Leser sein? Der alte Mann da vorn an der Ampel zum Beispiel. Was er da unter dem Arm trägt, könnte ein verpacktes Surfbrett sein. Vielleicht will er es seinem Enkel zum Geburtstag schenken? Aber vielleicht ist er auch der älteste Wellenreiter Kaliforniens? Das wäre dann eine tolle Schlagzeile: ›Opa Tattrig nimmt jede Welle mit‹.«

Alle lachten und winkten dem alten Mann zu. Der schüttelte verständnislos den Kopf und überquerte die Straße.

»Eigentlich sind Reporter und Detektive sehr ähnlich«, bemerkte Justus nach einer Weile. »Beide suchen nach Antworten auf ihre Fragen.«

»Kennst du einen Detektiv?«, wollte Bobs Vater wissen.

Justus grinste seine beiden Freunde an: »Ich kenne sogar drei Detektive.«

Zu diesem Zeitpunkt wusste Bobs Vater noch nicht, dass sich in seinem Wagen das jüngste Detektivteam der Welt befand: Justus, Peter und Bob aus Rocky Beach – die drei ???.

Applaus für Bock

In diesem Moment erreichten sie das Gelände der Fabrik. Über dem Werkstor hing ein großes Schild mit der Aufschrift: ›Bock Wurstwaren KG‹. Rechts und links standen aus Stein gehauen ein riesiges Schwein und ein Rind. Der Eingang war festlich geschmückt und viele Menschen in feiner Kleidung standen in kleinen Gruppen davor.

»Wir kommen gerade noch rechtzeitig«, stellte Bobs Vater fest und parkte den Wagen.

Peter betrachtete seine etwas dreckige Hose und schaute nervös auf die vornehme Gesellschaft: »Ich hab das Gefühl, wir passen da nicht so ganz rein mit unseren Klamotten.«

Doch Mister Andrews beruhigte ihn: »Ach was, wir müssen ja keine Rede halten. Wir stellen uns brav in die Ecke, hören fleißig zu, essen danach das Büfett leer und verschwinden wieder.«

Ein etwas dicklicher Herr ging die Stufen zum Eingang hoch. Vor der Tür war ein breiter Streifen roten Stoffs gespannt. In der einen Hand hielt er ein Sektglas und in der anderen eine große Schere. Bobs Vater holte schnell seinen Fotoapparat heraus. Die Gäste sahen auf und es wurde langsam still.

»Das ist der Juniorchef, Bertholt von Bock«, flüsterte Bobs Vater und machte ein Foto.

Der dickliche Mann räusperte sich und sprach mit tiefer Stimme: »Meine Damen und Herren, liebe Freunde und Mitarbeiter. Es erfüllt mich mit Stolz, dass ich dieses Unternehmen, gegründet 1907 von meinem Urgroßvater, Max von Bock, in neuem Glanz feierlich eröffnen darf.« Dann nahm er die Schere und schnitt unter lautem Beifall der Gäste den roten Streifen durch. »Ich darf Sie nun bitten einzutreten.«

Die Menge strömte durch die beiden weit geöffneten Türen und alle betraten die große Eingangshalle. Danach wurden sie durch einen langen Flur direkt in die Fabrik geführt. Sie gingen durch alle Räume und Produktionshallen. Überall sah man

Förderbänder mit Wurstdosen und blank polierte Kessel. An den Decken liefen kreuz und quer Stahlrohre entlang und an vielen Stellen standen Arbeiter in schneeweißen Anzügen vor Computerbildschirmen. Man hörte es surren, klappern und zischen und es roch gar nicht so streng nach Wurst, wie man vermutet hätte.

Bertholt von Bock stand mittlerweile in der größten Halle hinter einem Rednerpult und hielt einen ausführlichen Vortrag über die Erneuerungen in seiner Fabrik. Hier würde ein Schwein innerhalb von wenigen Minuten komplett und vollautomatisch in Wurst verwandelt. Die drei ??? standen etwas abseits und Bobs Vater nahm alles mit seinem Diktiergerät auf. »So interessant ist das nun auch wieder nicht«, stöhnte er gelangweilt.

Nach endlosen Minuten kam von Bock mit seiner Rede zum Ende: »Meine Damen und Herren, ich hoffe, Sie konnten sich einen kleinen Einblick in die ›Bock Wurstwaren KG‹ verschaffen. Wenn Sie noch Fragen haben, bitte ich Sie, diese jetzt zu stellen.«

Alle Anwesenden sahen sich unschuldig an und dachten schon längst an das Büfett. Plötzlich trat Justus zum Rednerpult und ergriff das Wort: »Mister

von Bock, viele der Röhren verschwinden hinter dieser roten Tür da vorn. Was ist in dem Raum?«

Für einen Moment war es totenstill. Peter und Bob hielten sich die Hand vor den Mund und Mister Andrews schaltete vor Schreck sein Aufnahmegerät aus. Alle sahen verwundert auf Justus.

Dann hörte man von Bock freundlich sagen: »Gut, dass du das fragst, mein Junge. In einer Wurstfabrik wird sehr viel heißes Wasser verbraucht. Zum Abkochen des Fleisches bis hin zur Reinigung der Kessel. Hinter dieser Tür befindet sich eine der modernsten Wasserreinigungsanlagen der Welt. Das gesamte Schmutzwasser unserer Fabrik wird hier aufbereitet und nahezu in Trinkwasserqualität dem Kreislauf wieder zugeführt. Selbst das Wasser für die Toilettenspülung verlässt gereinigt unseren Betrieb. Dieses System hat uns mehrere Millionen gekostet und erfüllt alle Auflagen der Behörden. In den vergangenen drei Testmonaten arbeitete diese Anlage einwandfrei.« Die Gesellschaft begann anerkennend zu applaudieren.

»Was heißt denn das?«, flüsterte Peter und Bobs Vater antwortete: »Das heißt, dass da die dreckige Brühe reingeht und als Trinkwasser wieder rauskommt.«

Bertholt von Bock blickte stolz in die Menge.

»Ich darf Sie nun alle herzlich zu einem kleinen Imbiss in unserer Empfangshalle einladen.«

Nach einem kurzen Applaus machten sich alle über das kalte Büfett her. Am Ende bekam jeder Gast noch eine Tüte mit allen Bock-Produkten und Justus hängte sich kleine Würstchen wie eine Kette um den Hals.

Computerwurst

Als alle wieder im Auto saßen, fragte Peter: »Sag mal, Just, wieso hast du dich eigentlich für diese blöde Tür interessiert?« Bob guckte ihn jetzt auch gespannt an.

»Reine Neugierde. Es war der einzige Raum, der uns nicht gezeigt wurde«, antwortete er.

Bobs Vater startete den Motor und gab ihm Recht. »Ich fand die Frage von Justus sehr gut. Es ist immerhin merkwürdig, dass Bock uns eine seiner modernsten und teuersten Anlagen verheimlichen wollte. Ich habe nicht das Gefühl, dass er das in seinem Vortrag einfach nur vergessen hat.«

Bob wühlte in seiner Tüte mit den Wurstproben. »Ich wusste gar nicht, dass es so viele verschiedene Wurstsorten gibt«, sagte er erstaunt. »Guckt mal hier: Schweinskopfsülze. Igitt. Wer soll das denn essen? Papa, kannst du nicht mal eine Reportage in einer Schokoladenfabrik machen? Oder wie wär's mit einem Bericht über einen Vergnügungspark?«

Justus und Peter fielen auch noch ein paar Möglichkeiten ein.

»Mal sehen«, grinste Bobs Vater. »Vielleicht können wir unsere Nachforschungen aber auch hier in der Nähe beginnen. Was haltet ihr davon, wenn ich euch zu einer Cola einlade?«

Davon hielten die drei ??? natürlich sehr viel. Sie fuhren ins Stadtzentrum und setzten sich an dem großen Platz vor dem Rathaus in ein Café. Es war nicht besonders gut besucht, denn zurzeit waren Ferien und die meisten Menschen lagen am Strand in der Sonne. Jeder bekam eine Cola und Bobs Vater einen Kaffee.

»Wenn ihr nichts dagegen habt, schreibe ich schnell meinen Artikel und schicke den gleich zu meiner Zeitung«, sagte der Reporter und zog einen tragbaren Computer aus einer Tasche.

»Im Gegenteil«, erwiderte Justus. »Ich würde sogar gern dabei zugucken. Müssen Sie denn überhaupt nicht mehr nach Los Angeles?«

»Könnte ich machen, aber so geht es schneller.

Guck mal, ich schreibe den Artikel auf meinem Computer und dieser wird als E-Mail mit meinem Handy direkt in die Redaktion gesendet. Dort wird er noch ein bisschen bearbeitet und morgen steht er in der Zeitung. Früher dauerte das alles viel länger. Da gab es Bleiplatten zum Drucken und so, aber das ist alles vor meiner Zeit gewesen. Das eigentliche Schreiben dauert allerdings noch genauso lang.«

Justus und Peter sahen ihm interessiert über die Schulter und nippten an ihrer Cola. Bob hingegen kannte das alles schon. »Mein Vater ist mal mit einem Boot wochenlang über den Pazifik gesegelt. Jeden Tag schrieb er von dort aus einen Bericht für die Zeitung«, erzählte er, doch sein Vater berichtigte ihn: »Nun ja, ich bin mitgesegelt. Als stiller Beobachter sozusagen. – Ich bin gleich fertig. Solche Einweihungen sind fast immer gleich. Da werde ich auch nicht so viel drüber berichten.«

Nach einer weiteren Cola war sein Artikel geschrieben. Er lehnte sich zurück und rieb sich die Hände. »Wie findet ihr die Überschrift: ›Wurst aus dem Computer‹?«

»Computerwurst ... Hört sich ja eklig an«, grinste Peter. Doch plötzlich hörte er auf zu lachen. »Dahinten, seht ihr, das ist der alte Mann von heute Morgen!«

»Ja, stimmt«, bestätigte Bobs Vater. »Das ist Opa Tattrig, nur diesmal ohne Surfbrett. Vielleicht ist das die Chance für eine schöne Reportage.« Kaum hatte er das gesagt, sprang Peter mutig auf und lief zu dem alten Mann. Nach einer Weile kam er jedoch enttäuscht zurück.

»Und, surft der Opa tatsächlich?«, fragte ihn Bob neugierig.

Peter setzte sich wieder auf seinen Stuhl. »Nee, das war ein Bügelbrett für seine Frau.«

Alle außer Peter fanden das sehr komisch.

Mister Andrews bezahlte die Rechnung und sie verließen das Café. In der Mitte des Platzes plätscherte munter der Springbrunnen von Rocky Beach.

»Ich glaube, ihr drei würdet auch gute Reporter abgeben«, meinte Bobs Vater, als er sie wieder nach Hause fuhr.

Als sie auf den Schrottplatz einbogen, lief ihnen Onkel Titus aufgeregt entgegen. »Hallo, Mister Andrews, gut, dass Sie den Jungen wieder zurückbringen!«, rief er durchs Autofenster. »Justus, du musst mir helfen. Tante Mathilda ist durchgedreht.«

Schrottgeschichten

Justus stieg verwundert aus dem Wagen. »Was ist denn mit Tante Mathilda?«, fragte er.

»Sie sieht überall nur noch Fliegen. Und die Schuld gibt sie meinem Schrottplatz. Sie sagt, wenn der nicht bis heute Abend aufgeräumt ist, gibt es ein Donnerwetter.« Onkel Titus schien wirklich verzweifelt zu sein und Justus konnte ihm das nachempfinden. Tante Mathilda verstand in puncto Sauberkeit keinen Spaß.

»Wenn ihr mir alle drei helft, gibt es eine dicke Taschengeldaufbesserung für jeden.«

Die drei ??? waren einverstanden. Bobs Vater grinste und verabschiedete sich. »Falls ihr einen alten Schatz entdeckt, ruft mich an«, lachte er. »Das kommt dann morgen noch auf die Titelseite.«

Kaum war er durch das Tor gefahren, stürzte Tante Mathilda auf sie zu. »Da seid ihr ja endlich! Diese Fliegen machen mich noch verrückt. Wo man hinguckt, saust einem so ein Biest um den Kopf herum. Ich wette, die kommen alle hier aus dem Schrott gekrabbelt.«

»Wertstoff, Mathilda, Wertstoff und Antiquitäten!«, berichtigte Onkel Titus.

Jetzt kam sie richtig in Fahrt: »Wertstoff? Und was ist das hier, Titus?« Sie hielt einen verrosteten Gegenstand in die Luft.

»Sei vorsichtig damit! Das ist der original Feuerwehrhelm von Fred Fireman aus dem Jahre 1902. Dem heldenhaften Retter von Rocky Beach.« Schnell nahm ihr Onkel Titus den Helm aus den Händen und versteckte ihn unter seiner Jacke.

»Für mich ist das ein Fliegennest«, schimpfte sie. »Aber, na schön, wenn der Schrottplatz sauber ist und die Fliegen sind immer noch da, entschuldige ich mich und backe allen einen Kirschkuchen.«

Das war ein faires Angebot, denn Tante Mathildas Kirschkuchen war berühmt in Rocky Beach.

»Okay, Mister Jonas, wo sollen wir anfangen?«, fragte Bob und spuckte in die Hände.

»Erst mal gebe ich jedem ein Paar Handschuhe. Wir werden so tun, als ob wir ordentlich am Aufräumen sind. Je mehr ihr herumklappert, desto zufriedener ist Mathilda. Ich bringe als Erstes den Helm in Sicherheit.« Onkel Titus ging zu einem kleinen Schuppen neben dem Haus.

»Hier bewahrt er seinen Lieblingsschrott auf«, flüsterte Justus seinen beiden Freunden zu.

Sein Onkel öffnete die morsche Holztür und pustete den Staub von dem Feuerwehrhelm. »So, ich glaube, hier vorn hat er einen angemessenen Platz. Ich stelle ihn genau neben den Propeller.«

»Ist das ein bestimmter Propeller, Mister Jonas?«, fragte Peter neugierig.

Onkel Titus nahm bedächtig seine Brille ab. »Mein Junge, das ist der Originalpropeller der Flyer.«

»Der Flyer?«, fragte Peter nach.

»Ja, wisst ihr nicht, wer die Flyer war? Es war das erste Flugzeug der Welt. Genau zwölf Sekunden blieb die Flyer in der Luft. Am 17. 12. 1903 schrieben die Gebrüder Wright damit Luftfahrtgeschichte. Menschenskinder noch mal, was lernt ihr denn in der Schule?« Onkel Titus war jetzt richtig aufgeregt.

Bob betrachtete den Propeller. »Und warum befindet der sich nicht in einem Museum, Mister Jonas?«, forschte er nach.

»Weil ... weil die mir das nicht glauben. Ich kann es nicht beweisen. Genauso wenig wie dieses Ding hier.« Er zeigte auf einen Haufen zerbeulten Metalls.

»Ist das ein abgestürztes UFO?«, fragte Peter erstaunt.

»Nein, das ist ein Druckluftbehälter der Titanic. Irgendwann trieb er an die Oberfläche und verfing sich in den Netzen eines Fischers. Dem hab ich das abgekauft.«

»Ich hätte dem das nicht abgekauft. Weder die Geschichte noch den Klumpen da vorn«, meinte Bob und musste grinsen.

»Ach, ihr habt ja keine Ahnung. Dinge sind doch nicht das, was sie sind. Sie sind das, was man über sie erzählt.« Mit diesen Worten stapfte er aus dem Schuppen und blinzelte in die Sonne.

Den ganzen Nachmittag räumten die vier Schrott hin und her. Tante Mathilda hatte Recht. Es waren wirklich erstaunlich viele Fliegen in der Luft. Sie schwebten in kleinen Wolken flach über dem Boden und man hörte unentwegt ein gleichmäßiges Brummen.

»Das müssen Tausende von Fliegen sein«, bemerkte Justus.

»Wenn nicht sogar Millionen«, erhöhte Peter und verscheuchte eine aus seinem Gesicht.

Onkel Titus rollte eine alte Blechtonne aus dem Weg. »Es sind tatsächlich ungewöhnlich viele. Aber Mathilda redet Unsinn. Fliegen vermehren sich nicht auf altem Eisen. Sie legen ihre Eier im Misthaufen ab. Alles, was stinkt und vergammelt, lieben sie. Eine Fliege legt bis zu 2000 Eier. Diese 2000

können nach drei Wochen wieder Eier legen. Wenn sie keine natürlichen Feinde hätten, würden die Fliegen in kurzer Zeit die Sonne verdunkeln. Apropos, es ist spät geworden. Ich glaube, Tante Mathilda kann mit uns zufrieden sein. Wir machen Feierabend.«

Er gab jedem mehr Geld, als er versprochen hatte, und Peter und Bob verabschiedeten sich. Bevor Justus ins Haus ging, drehte er sich noch einmal um. Die Fliegen waren jetzt überall und schienen nur darauf zu warten, allein zu sein. Schnell zog er die Tür hinter sich zu.

Der Traum von Fliegen

Tante Mathilda hatte schon das Abendbrot vorbereitet und Justus setzte sich an den Tisch neben Onkel Titus.

»Ich denke, ich muss mich bei euch beiden entschuldigen«, begann sie. »Ihr habt mich überzeugt, die Fliegen kommen doch nicht aus dem Schrott.«

»Siehst du. Das hab ich dir von Anfang an gesagt. Wir haben heute Nachmittag jedes einzelne Stück hochgehoben und nirgends ein Fliegennest entdeckt«, triumphierte Onkel Titus.

Justus goss Milch in seinen Becher und dachte laut nach: »Aber es muss doch einen Grund für die vielen Fliegen geben.«

»Mir ist es egal, wo die herkommen«, sagte Tante Mathilda. »Für mich ist nur wichtig, wie wir sie wieder loswerden. Die Nachbarn fangen schon an über uns zu reden.« Dann stand sie auf und zog die Vorhänge zu. »Justus, bitte geh gleich morgen früh zu Mister Porter ins Kaufhaus und besorg Fliegennetze und Fliegenleim. Ich lege mich jetzt hin, denn noch so einen Tag kann ich nicht gebrauchen. Ach ja, nimm nur ordentlich von der leckeren Wurst, die du mitgebracht hast, sonst wird die uns nachher noch schlecht.«

Aber Justus hatte für diesen Tag genug Wurst gegessen. Er trank den letzten Schluck Milch und ging in sein Zimmer.

Glücklicherweise hatte Tante Mathilda heute alle Fenster geschlossen gelassen, so dass nur ein paar Fliegen im Raum herumschwirrten. Justus war viel zu müde, sie zu jagen, und sackte erschöpft auf sein Bett.

Von draußen strahlte jetzt kalt und hell das Mondlicht herein. An der Scheibe tummelten sich zahllose Fliegen und führten einen verrückten Tanz auf. Es schien, als versuchten sie um jeden Preis ins Zimmer zu gelangen. Was die wohl hier drin wollen, dachte Justus. Eine Fliege lauerte bereits auf seiner Bettdecke und wartete darauf, ihm den Schlaf zu stehlen. Er beobachtete, wie sie unentwegt mit einem der Beine über ihre beiden großen Augen strich. Facettenaugen, das wusste er aus der Schule. Viele kleine Augen, die zusammen wie ein großes wirkten, starrten ihn an und kontrollierten gleichzeitig den Raum. Die Fliege mit der Hand zu fangen war somit fast unmöglich. Justus beobachtete sie noch eine Weile, doch langsam fielen ihm die Augen zu.

Er war weder wach noch schlief er, als die Fliege unmerklich zu ihm aufrückte. Träumte er oder war es Wirklichkeit? Sie schien plötzlich sehr schnell zu wachsen und starrte ihn unaufhörlich an. Lange Zeit geschah nichts, dann aber vernahm er hinter sich ein leises Geräusch. Es hörte sich an, als würde jemand Sandkörner auf Papier rieseln lassen. Er musste sich nicht umdrehen, um zu wissen, was geschah: Tausende von Fliegen belagerten die Scheibe und fraßen Stück für Stück den Fensterkitt weg. Nach wenigen Minuten hielt die Glasscheibe nur noch an einigen Stellen. Plötzlich erhob sich die große Fliege auf seiner Bettdecke, flog direkt auf die

Scheibe zu und drückte das Glas in einem Stück aus dem Rahmen. Justus hörte, wie sie auf dem Boden zerschellte und blickte panisch zum Fenster. Wie eine schwarze Wand flogen die Fliegen davor hin und her.

Die Riesenfliege thronte mittlerweile auf dem Schrank und in ihren Facettenaugen spiegelte sich das weiße Mondlicht. Auf ein Zeichen kamen die Fliegen von draußen hereingeschwebt. Gleichmäßig und dicht gedrängt flogen sie mit einem ohrenbetäubenden Brummen langsam durch das offene Fenster. Wie eine zähe, schwarze Masse füllten sie den Raum.

Justus wollte schreien, doch sein Hals schien wie zugeschnürt. Langsam formierte sich die Fliegenansammlung. Immer deutlicher konnte er erkennen, wie sich Millionen einzelner Fliegen zu einem Ganzen zusammenschlossen. Unaufhaltsam strömten weitere Insekten herein und schlossen sich dem Gebilde an. Und dann war es zu erkennen. Vor ihm stand, wie aus einem Puzzle zusammengesetzt, regungslos eine riesige Fliege. Das war zu viel für Justus. Er bäumte sich auf und wollte aus dem Bett springen.

Als er mit dem Kopf auf den Boden prallte, wachte er auf. Schweißgebadet rappelte er sich hoch, tastete nach dem Schalter der Nachttischlampe und war froh, alles nur geträumt zu haben. Weit und breit war nichts von einer Riesenfliege zu sehen. Er beschloss das Licht anzulassen und verkroch sich wieder unter seine Bettdecke.

Später in der Nacht träumte er noch von merkwürdigen Insekten, die ihn mit einem Spinnennetz jagten, aber das war alles Kinderkram gegen seine Monsterfliege.

Kassenschlager

Am nächsten Morgen wurde Justus von Tante Mathilda geweckt.

»Aufwachen, Justus. Es ist schon spät und du musst unbedingt die Sachen bei Mister Porter besorgen!«

Justus rieb sich verschlafen die Augen.

»Nun guck dir das an: Deine Nachttischlampe brennt. Wahrscheinlich hast du wieder stundenlang gelesen. Na ja, dafür kommst du heute umso früher ins Bett.«

Als sie das Zimmer verließ, riskierte Justus einen Blick auf die Fensterscheibe. Er war froh, dass sie heil war.

Wenig später saß er am Frühstückstisch in der Küche. Onkel Titus war schon sehr früh mit dem Lastwagen losgefahren und Tante Mathilda stand am Zaun und unterhielt sich mit der Nachbarin. Durchs offene Fenster hörte er ihre energische Stimme: »Ich kann es mir einfach nicht erklären.

Und wenn Sie sagen, dass auf Ihrem Grundstück jetzt auch Fliegen sind ... Also, von uns kommen die bestimmt nicht.« Dann rief sie laut zum Küchenfenster: »Justus, wo bleibst du? Du sollst für die Nachbarn auch Fliegenleim mitbringen. Da ist auch alles voller Fliegen! Hörst du, die Nachbarn haben genauso viele Fliegen!« Den letzten Satz rief sie besonders laut.

Justus musste grinsen und schnappte sich das Geld auf dem Küchentisch. Dann lief er in den Hof und sprang auf sein Fahrrad.

Ein paar Minuten später erreichte er Porters Kaufhaus. Vor dem Eingang hatte sich eine lange Schlange gebildet und mittendrin entdeckte er Peter und Bob.

»He, was macht ihr denn hier? Das nenne ich Zufall«, freute sich Justus. Er stellte sein Fahrrad ab und lief auf die beiden zu.

»Nicht vordrängeln!«, meckerte eine ältere Dame von hinten. Justus tat so, als hätte er nichts gehört.

Bob grinste ihn an: »Ich weiß, warum du hier bist. Du sollst für deine Tante Fliegenleim und so kaufen, oder?«

»Woher weißt du das?«, fragte Justus überrascht.

»Na, weil das jeder hier in der Schlange kaufen will«, klärte ihn Peter auf.

Über Nacht schien sich die Fliegenplage in Rocky Beach ausgebreitet zu haben. Überall schwirrten die frechen Insekten umher und ließen die Stadt nicht schlafen. Im Kaufhaus stapelte Mister Porter gut gelaunt Kartons mit Fliegennetzen übereinander. »Hereinspaziert, meine Damen und Herren. Ob Insektenspray, Fliegenleim und Klatschen aller Art, hier bekommt jeder, was er will. Heute ist leider alles ein wenig teurer geworden, aber dafür ist es 1a Qualität.«

»Der verdient sich dumm und dämlich«, flüsterte Bob. »Würde mich nicht wundern, wenn der hinter der Fliegenpest steckt. Mein Vater erzählte mir mal die Geschichte von einem Glaser. Der schmiss in der Nacht immer Scheiben ein, um sie am Tag zu reparieren.«

Die drei ??? beobachteten, wie Mister Porter nun fröhlich pfeifend an der Kasse stand.

»Greifen Sie zu, bevor die Fliegen Ihnen die Haare wegfressen!« Jetzt waren die drei Freunde an der Reihe. »Na, Männer, was kann ich für euch tun? Lasst mich raten. Ihr braucht Fliegennetz und Fliegenleim, darauf gibt es einen Reim.« Mister Porter wollte gar nicht mehr aufhören zu lachen und packte für jeden eine Tüte mit den gewünschten Artikeln. Von dem Restgeld kauften sie noch drei Flaschen Cola. Draußen war die Schlange mittlerweile noch länger geworden.

»Zutrauen würde ich das dem Porter«, meinte

Justus im Hinausgehen. »Er ist der Einzige, der sich über die ganzen Fliegen freut. Aber ein Motiv allein reicht nicht.«

Peter gab ihm Recht. Wie sollte Porter die ganzen Insekten herangeschafft haben?

»Vielleicht hat er irgendetwas ausgestreut, das die Biester anlockt«, meinte Bob. »Wenn man Zucker im Garten auskippt, ist kurz darauf alles voller Ameisen.«

Justus knetete seine Unterlippe. »Das sind mir eindeutig zu viele Fragen. Ich glaube, wir sollten mal in der Kaffeekanne darüber nachdenken.«

Peter und Bob waren auch mit dem Fahrrad da und verpackten ihren Einkauf auf dem Gepäckträ-

ger. Wenig später befanden sie sich außerhalb von Rocky Beach.

»Endlich keine Fliegen mehr«, freute sich Peter.

Dann erreichten sie die Kaffeekanne. Es war ein ausgedienter Wasserspeicher für die alten Dampflokomotiven. Auf einem Holzgestell stand ein großer Tank und hatte an der Seite ein schwenkbares Rohr. Von weitem sah es aus wie eine Kaffeekanne. Von unten konnte man an ein paar Eisenstufen hineinklettern. Den drei ??? diente die Kanne als geheimer Treffpunkt. Sie stellten ihre Fahrräder ab und stiegen hintereinander die Stufen empor. Drinnen öffneten sie gleichzeitig ihre Colaflaschen und prosteten sich zu. Justus nahm einen großen Schluck, lehnte sich zurück und sprach mit wichtiger Stimme: »Ich glaube, wir haben ein Rätsel zu lösen.«

Fliegenjagd

In der Kaffeekanne fanden gerade drei Personen Platz. An den Wänden waren Holzkisten übereinander gestellt, die die drei ??? als Regal benutzten. Hier verstauten sie Taschenlampen, eine Lupe, ein Transistorradio, ein Fernglas und viele andere nützliche Dinge. Aber auch diverse Comics und leere Flaschen wurden hier gelagert.

»Eigentlich ist es ganz einfach«, begann Justus. »Wir wissen, dass die Fliegen als Erstes auf Onkel Titus' Schrottplatz aufgetaucht sind. Irgendwoher müssen sie kommen und irgendwohin gehen sie. Wohin sie gehen, können wir herausfinden. Wir brauchen nur eine paar Fliegen zu verfolgen und können uns dann ungefähr ausrechnen, wo sie gestartet sind.«

»Wie willst du denn eine Fliege verfolgen, Just? Die sind doch viel zu schnell?«, wunderte sich Peter.

»Keine Ahnung. Ich hab es noch nie ausprobiert. Aber eine andere Idee habe ich nicht.«

Peter und Bob hatten auch keine bessere und so entschieden sie sich für Justus' Plan. Sie sprachen noch eine Weile über Mister Porter und tranken ihre Cola aus. Zehn Minuten später erreichten sie den Schrottplatz und stellten ihre Fahrräder an die Hauswand.

»Da sind ja endlich meine Fliegennetze!«, rief freudig Tante Mathilda. Sie nahm die Pakete vom Gepäckträger und lief gleich zur Nachbarin. »Hallo, ich habe Ihre Fliegennetze und den Fliegenleim!«, tönte sie lautstark über den Gartenzaun.

Justus musste grinsen. »Tante Mathilda ist das total peinlich mit den Fliegen, darum fangen wir am besten schnell an. Jeder sucht sich eine Fliege aus und verfolgt die, bis er sie aus den Augen verliert.«

Kurz darauf rannten alle wild durcheinander

über den Schrottplatz. Tante Mathilda beobachtete die drei und tippte sich an die Stirn. »So kriegt ihr die Fliegen niemals«, lachte sie und verschwand im Haus.

Nach einer Weile setzte sich Bob erschöpft auf den Boden. »Also, meine Kandidaten fliegen fast alle im Zickzack. Da ist überhaupt keine Richtung zu erkennen.«

»Bei meinen ist das genauso«, musste Justus zugeben und setzte sich ebenfalls. »Peter, was ist mit dir?«, keuchte er.

Peter rannte noch unermüdlich auf dem Schrottplatz herum. Er hatte es geschafft, die ganze Zeit über einer einzigen Fliege hinterherzulaufen. »Ich werde das Mistvieh bis zum Nordpol verfolgen, wenn's sein muss«, schnaufte er atemlos.

»Hör auf, es hat keinen Sinn!«, rief Justus zurück.

Doch Peter hatte der Ehrgeiz gepackt und er lief noch schneller. Seine Fliege schwirrte ihm vor der Nase. Immer wieder schlug sie Haken, als wollte sie ihren Verfolger abhängen, und verschwand schließlich in einem großen Gebüsch am Rande des Grundstücks. Peter hechtete eifrig hinterher, doch plötzlich schossen Tausende von Fliegen aufgeschreckt aus dem Dickicht.

»Ich glaube, ich hab was entdeckt!«, rief er erschrocken seinen beiden Freuden zu. Kurz darauf standen die drei erstaunt vor dem Gebüsch und beobachteten, wie sich die Fliegen in alle Richtungen verteilten.

»Wenn das kein Treffer ist«, grinste Bob und schob ein paar Zweige zur Seite. Wieder surrten ihm etliche Fliegen entgegen.

Peter wich etwas zurück und schlug vor: »Vielleicht sollte man den Busch einfach abbrennen. So genau will ich nämlich gar nicht wissen, was da drin steckt.«

Doch Bob und Justus waren zu neugierig und bahnten sich langsam einen Weg durch das Gestrüpp. Peter ging missmutig hinterher. In dem Busch wimmelte es von Fliegen und die drei ??? kämpften sich mühsam durch das Dickicht. Immer wieder mussten sie Zweige zur Seite schieben, um vorwärts zu kommen. Sie hielten sich die Hand vor den Mund, um keine Fliege einzuatmen.

Plötzlich machte Justus eine Entdeckung. »Bob, weißt du, worauf du gerade stehst?«, flüsterte er. Bob verharrte regungslos und starrte geradeaus. »Bitte, Just, sag es mir, dann brauch ich nicht nach unten zu gucken.«

Überzeugungsarbeit

»Tut mir Leid«, beruhigte ihn Justus. »Ich wollte dich nicht erschrecken. Du stehst auf einem Gullideckel.«

Bob war so erleichtert, dass er laut loslachen musste. »Und ich hätte fast einen Herzinfarkt bekommen. Warum schlägst du bei einem stinknormalen Gullideckel Alarm?«

Doch so ganz normal war der Gullideckel nicht, denn aus den kleinen Löchern strömten ununterbrochen Fliegen.

»Ich glaube, wir haben das Nest gefunden«, sagte Justus und verschränkte die Arme vor der Brust.

Peter klatschte in die Hände. »Prima, dann brauchen wir nur noch die Löcher mit Lehm zu verschmieren und der Fall ist gelöst.«

Doch ein Blick auf Justus genügte, um zu wissen, dass dem nicht so war. »Das wird uns nicht viel nützen«, grübelte er. »Die Fliegen werden einen anderen Ausgang finden. Solange wir nicht die Ursache bekämpfen, werden uns die Viecher nicht in Ruhe lassen. Und die Ursache liegt irgendwo unter dem Deckel.«

Jetzt mischte sich Bob ein. »Nein, Just, ich weiß, woran du denkst. Nein, nein, nein ... ich werde da keinen Meter runterkrabbeln. Vergiss es!« Mit diesen Worten drehte er sich um und verließ das Gebüsch.

»Justus Jonas, du hast einen Knall«, bemerkte Peter und lief Bob hinterher.

Wenig später saßen alle drei auf einer verrosteten Gasflasche und schwiegen vor sich hin.

»Die ganze Zeit haben wir den Ursprung für die Fliegenschwemme gesucht«, begann Justus. »Jetzt haben wir ihn endlich entdeckt und ihr wollt nicht wissen, was dahinter steckt. Mir ist auch nicht wohl bei dem Gedanken, da runterzusteigen, aber was soll uns schon passieren? Ich habe noch nie gehört, dass eine Fliege einen Menschen aufgefressen hat.« Seinen Traum der letzten Nacht verschwieg er lieber. »Kein Detektiv der Welt würde jetzt einen Rückzieher machen. Und ein Reporter auch nicht.« Er sah Bob tief in die Augen.

Dieser nahm seine Brille ab und wischte sie an seinem T-Shirt sauber. »Da unten ist es stockdunkel«, gab er zu bedenken.

»Wir haben unsere Taschenlampen«, entgegnete Justus.

»Und in den verzweigten Gängen der Kanalisation kann man sich schnell verlaufen«, mischte sich Peter ein.

»Wir werden einfach einen Faden ausrollen und uns an ihm wieder zurückhangeln.« Justus schien schon einen genauen Plan zu haben.

Peter sprang auf und lief auf dem Schrottplatz hin und her. »Ich hab mal einen Film gesehen, da haben kleine Krokodile in den Kanälen gelebt. Die wurden dann größer und größer und vermehrten sich wie verrückt.«

Bob musste grinsen und spann die Geschichte weiter. »Und dann sind die Biester wahrscheinlich aus der Toilette gehüpft und haben die Leute in den Hintern gebissen.« Diese Vorstellung brachte sie zum Lachen.

Bob schnappte nach Peter und jagte ihn quer über den Schrottplatz. Peter brachte sich auf einem Stapel Bauholz vor den Krokodilen in Sicherheit und zog mit zwei Fingern seinen Mund zu einer Grimasse auseinander. »Ich kenne noch eine Geschichte, wo eklige Glibbermonster den Stöpsel von der Wanne hochgedrückt haben und …« Weiter kam er nicht, denn vom Haus her hörten sie Tante Mathilda über den Platz rufen: »Justus, Essen ist fertig!«

Peter und Bob sahen auf die Uhr. Auch sie mussten zum Mittagessen zu Hause sein.

»Okay, wir können uns das ja noch mal überlegen«, schlug Justus vor. »Jeder, der dabei sein will, kommt nach dem Essen wieder her.« Alle drei waren einverstanden.

Von der Veranda aus konnte Justus in die Küche gucken und er sah, wie Tante Mathilda einen großen Topf vom Herd nahm. Die Fenster waren überall dicht mit Fliegennetzen verklebt.

»Nun komm schon, Justus, sonst wird alles kalt!«, rief sie ihm zu. Es gab Nudeln mit Tomatensoße. Eine der Lieblingsspeisen von Justus. Doch wenn er genau darüber nachdachte, waren fast alle Gerichte von Tante Mathilda seine Lieblingsspeisen.

Onkel Titus war auch wieder zurück, saß am Esszimmertisch und las in der Zeitung. »Wurst aus dem Computer«, murmelte er vor sich hin. »Die Leute werden aber auch immer verrückter.«

Dann begannen alle mit dem Essen und Justus schaufelte einen riesigen Berg Nudeln auf seinen Teller. Die Soße schwappte leicht über den Rand und Tante Mathilda schüttelte den Kopf. »Die Nachbarn würden jetzt denken, wir lassen dich verhungern.«

»Apropos Nachbarn«, bemerkte Onkel Titus, als er die vielen Fliegenfänger an der Decke sah. »Was macht eigentlich die Fliegeninvasion?«

Tante Mathilda sah verzweifelt aus dem Fenster. »Es wird immer schlimmer. Ich weiß mir schon gar keinen Rat mehr.«

Justus blickte von seinem Teller hoch und sah, wie seine Tante ratlos ihren Kopf aufstützte. Er wischte sich den verschmierten Mund mit seiner Serviette ab und erklärte einigermaßen stolz: »Tante Mathilda, ich glaube, dass schon bald das Geheimnis der Fliegen gelüftet sein wird.«

Kanalratten

Nach dem Essen verschwand Justus und kam erst nach einer Weile zurück. Auf seinem Gepäckträger klemmte ein voll gestopfter Rucksack. Er setzte sich in den Schaukelstuhl auf der Veranda und blickte über den Schrottplatz. Die Fliegen schienen auch Mittagspause zu machen, da sich nur vereinzelt kleine Wolken von den lästigen Brummern in die Luft erhoben. Lange brauchte er nicht zu warten, dann sah er Bob durch das Eingangstor radeln.

Bald darauf traf auch Peter ein. »Ihr habt wohl gedacht, ich lass mir das entgehen«, grinste er und lehnte sein Rennrad an die Veranda.

Justus sprang vom Schaukelstuhl hoch und holte den Rucksack. »Natürlich wusste ich, dass ihr kommen würdet«, lachte er. »Und darum hab ich vorsorglich ein paar Sachen aus der Kaffeekanne geholt. Für jeden eine Taschenlampe, ein dickes Seil, mit dem wir uns zusammenbinden können, und eine Rolle Bindfaden, um wieder zurückzufinden.«

Alle drei hatten vorsorglich Gummistiefel angezogen und gingen mutig zu dem großen Gebüsch. Das Brummen der Fliegen wurde wieder lauter.

»Wir müssten etwas haben, um den Gullideckel anzuheben«, erklärte Bob und blickte über den Schrottplatz. Hinter einer alten Waschmaschine fand er eine stabile Eisenstange. »Ich glaube, damit wird es funktionieren.«

Kurz darauf standen sie um den Gullideckel herum. Unablässig strömten die Fliegen heraus und verschwanden im Dickicht.

Bob steckte die Eisenstange in eins der Löcher. »Wir müssen jetzt zusammen den Deckel weghebeln. Wenn wir mit der Hand unterfassen können, haben wir es geschafft.«

Mit vereinten Kräften stemmten sie sich gegen die Stange. Langsam knirschte die schwere Eisenplatte über den Rand und eine dunkle Wolke aus Fliegen nutzte den Spalt, um nach draußen zu gelangen.

»Ist ja widerlich«, stöhnte Peter. »Aber jetzt können wir den Deckel ganz beiseite schieben.«

Nach einigen Anstrengungen war es geschafft. Unter ihnen lag ein tiefes dunkles Loch.

»Dann mal los«, sagte Justus und knipste seine Taschenlampe an. »Ach ja, ich hab uns noch Tücher besorgt. Die sollten wir uns vor den Mund binden, damit wir keine Fliegen verschlucken.«

Mutig steckte er ein Bein in den Schacht und ertastete eine Stahlsprosse. Stück für Stück verschwand er und dann guckte nur noch sein Kopf heraus. »Jetzt lasst mich hier nicht allein hängen. Und vergesst nicht, das Seil und den Bindfaden mitzunehmen!«

Peter und Bob waren erstaunt über Justus' Mut. Entschlossen kletterten sie ihm hinterher.

Die Sprossen waren angerostet und feucht. Neben dem bekannten Gebrumme der Fliegen hörten sie gleichmäßig Wassertropfen auf dem Boden aufklatschen. Jedes Geräusch wurde mehrfach aus den unterirdischen Gängen zurückgeworfen.

»Siehst du was?«, flüsterte Peter von oben.

Justus stieg die letzte Stufe hinab und stand jetzt sicher auf nassen Steinplatten. »Ich bin unten angekommen. Es sind ungefähr drei Meter bis hierher!«, rief er zurück.

Wenig später standen alle dicht gedrängt nebeneinander und leuchteten mit ihren Taschenlampen.

»Puh, das stinkt hier wie in meinen Turnschuhen«, bemerkte Bob und hielt sich die Nase zu.

Justus knotete den Bindfaden an einer Sprosse fest. »Das hier ist unsere Lebensversicherung. Wenn der Faden reißt, finden wir vielleicht nicht mehr zurück.«

»Und wenn er durchgebissen wird?«, stöhnte

Peter und sah sich ängstlich um. »Auf jeden Fall geh ich nicht als Erster.«

»Dann geh ich eben vorweg und du gehst als Letzter!«, entschied Bob. Peter schien auch damit nicht sehr zufrieden zu sein.

Sie nahmen die dicke Schnur und seilten sich hintereinander an. Bob und Justus leuchteten mit den Taschenlampen den Weg vor ihnen ab und Peter musste hinter ihnen den langen Faden abwickeln. Sie blickten in einen finsteren Tunnelgang. Am Boden floss eine dreckige braune Brühe, doch an der Seite konnte man auf einer schmalen Kante entlanglaufen. Hier unten kamen die Fliegen eindeutig aus einer Richtung, bemerkte Justus. Schritt für Schritt gingen sie den Fliegen entgegen. Nach ungefähr dreißig Metern verzweigte sich der Kanal.

»Links oder rechts?«, fragte Bob.

»Die Fliegen kommen von rechts«, stellte Justus fest und leuchtete in die Richtung. Dieser Gang mündete in einer Art Halle. Darüber stülpte sich wie in einem Gewölbe eine gemauerte Kuppel und die drei ??? blieben erstaunt stehen. Von allen Seiten gingen weitere Gänge ab.

»Das scheint mir so etwas wie eine Kanalkreuzung zu sein«, bemerkte Bob und seine Stimme hallte von den Wänden. Sie folgten dem Fliegenstrom in einen der Gänge.

Plötzlich vernahm Justus ein leises Quieken. Er nahm seine Taschenlampe und leuchtete in die Richtung. Der Strahl reflektierte auf dem trüben Wasser und endete im Nichts. »Seid mal still! Ich glaube, hier vorn ist irgendwas«, flüsterte er.

»Ich mag den Begriff ›irgendwas‹ nicht, Just.

Kannst du nicht deutlicher werden?«, jammerte Peter von hinten.

Dann lauschten alle drei gespannt der Stille. Da waren sie wieder, diese fast unmerklichen Töne. All-

mählich wurden sie deutlicher. Dazu mischte sich ein seltsames Rascheln. Es glich einer Armee aus zahllosen winzigen trippelnden Beinchen. Ein fauler Lufthauch kam ihnen entgegen. Justus kniff die Augen zusammen und erkannte in der Ferne hunderte kleine leuchtende Punkte. Es waren Ratten.

In dem Moment schossen mehrere der Nagetiere aus der Dunkelheit auf sie zu, rannten zwischen ihren Beinen hindurch und verschwanden wieder in der Finsternis.

Alle drei stießen einen entsetzten Schrei aus. Bob rutschte vor Schreck mit einem Bein von der Kante ab und sein Gummistiefel lief mit der braunen Brühe voll.

»Mir reicht es!«, schrie er. »Ich hab lieber Fliegen im Gesicht als diesen Horror!«

Justus versuchte ihn zu beruhigen. »Nun hör schon auf, Bob, es waren doch nur Ratten.«

»Nur Ratten? Was heißt hier nur Ratten? Ich kenne Ratten bloß aus dem Fernsehen und da wird mir schon schlecht. Lasst uns sofort zurückgehen!« Er drehte sich auf der Stelle um und sah Peters kreideweißes Gesicht. »Ich glaube, den brauchen wir erst gar nicht zu fragen«, urteilte Bob.

»Okay, wir gehen noch genau zwanzig Schritte. Wenn wir dann nichts entdecken, drehen wir um«, schlug Justus vor. Langsam beruhigten sich die anderen beiden und waren widerwillig einverstanden.

»Na gut. Zwanzig Schritte und kein Stück mehr«, wiederholte Bob.

Behutsam tasteten sie sich vorwärts. »... fünf, sechs, sieben, acht ...«, zählte Bob laut mit. Es wurden jetzt schlagartig mehr Fliegen.

»... zwölf, dreizehn, vierzehn ...« Im Licht der

Taschenlampen tanzten unzählige Fliegen umher und man konnte gerade noch den ausgestreckten Arm erkennen.

»... siebzehn, achtzehn ...«

Bob verstummte. Angst kroch in ihm hoch. »Ich glaube, ich bin auf etwas getreten. Just, kannst du bitte für mich nach unten gucken? Ich habe für heute keine Lust mehr. Außerdem möchte ich darauf hinweisen, dass ich mir soeben in die Hose gemacht habe.«

Keiner lachte. Peter sagte schon lange nichts mehr.

Vorsichtig senkte Justus seine Taschenlampe und leuchtete auf den Boden. Er musste in die Knie

gehen, um vor lauter Fliegen noch etwas erkennen zu können.

»Also, da liegt eine Art Drahtgitter mitten im Gang«, stellte er fest.

»Nein. Es fühlt sich anders an. Es ist etwas sehr Weiches, Schmieriges und Wabbeliges.«

Justus' Knie wurden weich. »Warte mal, jetzt sehe ich was ...«

»Mach es nicht so spannend, Just! Was zum Teufel ist das?«, schrie Bob ihn an.

»Ich weiß es nicht. Ich weiß nur, dass es lebt.«

Panik im Gulli

Alle brüllten vor Entsetzen und ihre Schreie hallten durch die langen Gänge. Fluchtartig jagten sie aneinander geseilt den Kanal entlang.

»Peter, hast du den Faden noch in der Hand?«, schrie Justus panisch, doch Peter konnte nur noch heiser krächzen.

Auch ohne Faden erreichten sie die Halle und rannten instinktiv in den richtigen Gang. Schneller als die Fliegen preschten sie vorwärts und erblickten durch den Schacht über sich endlich das grelle Sonnenlicht. Peter erklomm wieselflink die Eisenstufen und zog sich aus dem Gulli. Justus war dicht hinter ihm und hastete ebenso nach oben. Von unten schob Bob nach.

Dann lagen alle drei völlig erschöpft vor dem Busch. Lange Zeit sprachen sie kein Wort und schnappten nach Luft. Nass geschwitzt und noch immer zitternd leerte Bob seinen Gummistiefel aus.

»So, das war das Ende meiner Detektivkarriere«,

stammelte er. »Ich such mir ein neues Hobby. Wandern oder Briefmarkensammeln.«

Peter setzte mehrmals zum Sprechen an. »Kann mir jetzt endlich einer sagen, was da unten war?«, flüsterte er schließlich, aus Angst, das ›Etwas‹ könnte ihn hören.

Justus wischte sich den Schweiß von der Stirn und versuchte ruhig durchzuatmen. »Bob stand in einem riesigen Haufen Schmiere. Und in diesem Zeug wimmelte es von Millionen von Fliegenmaden«, keuchte er.

»Das ist ja widerlich! Was war denn das für eine Schmiere?«, wollte Bob angeekelt wissen.

Justus zeigte auf seine Gummistiefel. »Du brauchst nur hinzugucken. Das Zeug klebt noch an deinen Schuhen.«

»Igitt!«, schrie Bob, riss sich den Stiefel von den Füßen und schleuderte ihn ins Gebüsch. »So, Freunde, ich geh nach Hause. Wenn ihr Lust auf Briefmarken habt, könnt ihr euch ja mal melden.« Peter stand ebenfalls auf.

»Wartet!«, rief Justus ihnen hinterher. Seine Stimme klang eher wie ein Krächzen. »Ich glaube, wir haben den Fall gelöst.« Bob und Peter blieben kurz stehen. »Kommt wieder zurück, dann erkläre ich es euch!«

»Wir können dich auch von hier gut verstehen!«, rief Bob.

»Also, ich weiß jetzt, woran mich diese Schmiere erinnert. Tante Mathilda hat mal Schmalz gekocht und das sah ähnlich aus. Ich glaube, das Zeug da unten besteht zum großen Teil aus Fett. Und in diesem Fett können die Fliegen optimal ihre Eier ablegen. Es gibt doch den Spruch: ›Leben wie eine Made im Speck‹.«

Bob und Peter kamen zögernd wieder näher. »Und wie kommt so viel fettiges Zeug in einen Abwasserkanal?«, wollte nun Peter wissen.

Justus stand auf, ging den Freunden entgegen und grinste. »Stimmt. Kann eigentlich gar nicht sein. In Rocky Beach hat man ja neuerdings hochmoderne Reinigungsanlagen für alle Abwässer.«

Jetzt wurde Bob hellhörig. »Du meinst doch nicht ... du denkst doch nicht etwa an die Wurstfabrik?«

Peter schlug sich an die Stirn. »Natürlich. Bocks Wurstwaren. Wer in Rocky Beach produziert sonst so viel Fett? Jetzt weiß ich auch, warum wir den Raum hinter der roten Tür nicht zu Gesicht bekamen. Logisch. Bock gießt seine fettige Brühe einfach in die Kanalisation und spart haufenweise Kohle für die Kläranlage.«

Justus knetete mittlerweile nervös seine Unterlippe. »Genau das ist meine Theorie. Das Fett bleibt dort unten an dem Gitter kleben und sammelt sich im Laufe der Zeit zu einem riesigen Batzen an.«

»Die drei Monate, in denen die Anlage getestet wurde«, warf Bob ein.

Justus nickte. »Richtig. Irgendwann kamen dann die ersten Fliegen und legten ihre Eier dort ab. Daraus wurden Maden, die verpuppten sich und schon nach kurzer Zeit schlüpften daraus Tausende von Fliegen. Das Spiel ging von vorn los und den Rest kennen wir. Tante Mathilda hatte nur das Pech, dass sich die Fliegen gerade ihren Gulli zum Aussteigen gewählt haben. Wahrscheinlich war es der kürzeste Weg.«

Peter und Bob waren beeindruckt.

»Es gibt nur ein Problem«, stellte Justus am Ende enttäuscht fest. »Wir können es nicht beweisen.«

Ablaufpläne

»Was gibt es da zu beweisen?«, fragte Peter. »Wir gehen zu Bock, lassen uns seine vermeintliche Kläranlage zeigen und die Sache ist erledigt.«

»Und was ist, wenn er sich weigert?«, entgegnete Bob und Justus stimmte ihm zu. »Der wird bestimmt keine Lust dazu haben. Aber vielleicht liegen wir mit unserer Theorie total daneben und Bock brennt nur darauf, uns die Anlage zu zeigen. Das wäre ganz schön peinlich. Nein, nein, wir müssen ihn überführen.«

Alle grübelten vor sich hin. Plötzlich musste Peter grinsen. »Wir probieren einfach die Schmiere an Bobs Gummistiefel. Wenn es nach Wurst schmeckt, haben wir den Beweis.«

Bob und Peter konnten sich über den Gedanken kaputtlachen, nur Justus blieb ernst. »So schlecht ist die Idee gar nicht«, begann er.

»Dann guten Appetit!«, riefen die anderen beiden im Chor und lachten noch lauter.

Justus fuhr fort: »Hört mir mal kurz zu! Mir ist etwas eingefallen und ich bin sicher, es wird funktionieren. Wir müssten etwas haben, das eindeutig aus der Fabrik stammt. Wenn es durch die Abwasserkanäle geleitet wird und hier unten im Gulli ankommt, stimmt unsere Theorie. Kommt es nicht an, ist unsere Vermutung falsch.«

Der Plan war so einleuchtend, dass Peter und Bob schlagartig zu lachen aufhörten.

»Das stimmt«, nickte Bob. Er nahm einen Zweig und zeichnete damit in den Sand. »An dieser Stelle befindet sich die Wurstfabrik. Sie liegt auf einem Hügel. Von da aus geht es bis zu unserer Wohnsiedlung fast immer abwärts. Die Kanalröhren laufen wahrscheinlich mitten durch die Stadt und führen direkt an uns vorbei. Berthold von Bock hat doch erzählt, dass sogar das Wasser aus den Werkstoiletten mitgereinigt wird. Wenn wir dort was ins Klo schütten, müsste man das hier wieder rausfischen können. Wenn nicht, ist Bock unschuldig.«

Plötzlich war der Streit von vorhin vergessen. Alle arbeiteten fieberhaft an dem Plan.

»Wir brauchen etwas Kleines, das schwimmt. Vielleicht einen Korken?«, schlug Peter vor.

Doch Justus schüttelte den Kopf. »Das ist nicht eindeutig genug. Den hätte auch irgendjemand in Rocky Beach reinwerfen können. Wir müssen danach absolut sicher sein.«

»Ich weiß was«, platzte Bob heraus. »Mein Vater hat haufenweise leere Filmdosen aus Plastik. Ihr wisst schon, die kleinen Döschen. Da sind die Filme für seinen Fotoapparat drin. Die Dosen sind klein und unsinkbar. Und das Beste ist: Man kann sogar etwas hineinpacken.«

Bobs Idee wurde begeistert aufgenommen. Am nächsten Morgen wollten sie unter einem Vorwand noch einmal die Fabrik besuchen.

Peter hatte einen Vorschlag: »Wir sagen einfach, dass wir was vergessen haben. Eine Tasche oder so. Dann muss einer plötzlich auf die Toilette und die anderen beiden halten Wache. Jetzt braucht derjenige nur noch die Filmdosen im Klo runterzuspülen.«

Bob und Justus fanden den Plan ausgezeichnet, doch dann schlug sich Bob an die Stirn. »Die Filmdosen können wir vergessen. Habt ihr mal versucht etwas Schwimmbares runterzuspülen? Keine Chance. Es sei denn, derjenige drückt sie einzeln mit der Hand durch die Toilette.«

Die drei ??? sahen sich betont unbeteiligt an. Sich freiwillig zu melden, dazu hatte keiner Lust – besonders nicht nach den heutigen Erlebnissen. Lange Zeit sagte niemand ein Wort.

»Na schön«, verkündete Justus schließlich. »Dann muss wohl unser Schicksalswürfel entscheiden.« Er kramte in seiner Hosentasche und beförderte einen Würfel heraus. Dieser hatte statt Zahlen jeweils Farbpunkte auf den Seiten. Zwei weiße für Justus, zwei blaue für Peter und zwei rote für Bob.

Justus schüttelte ihn zwischen seinen Händen. »Ihr wisst: Wessen Farbe kommt, der muss es machen.«

Peter und Bob kannten die Spielregel. Justus holte tief Luft und ließ den Würfel über den Boden kullern: blau.

»Tja, Peter«, grinste Bob. »Vielleicht ist es am besten so. Du hast immerhin den längsten Arm.«

Durchgespült

Am nächsten Morgen trafen sie sich wie verabredet in der Kaffeekanne.

»Hast du die Filmdosen?«, fragte Justus.

»Natürlich. Ich habe einen ganzen Rucksack voll mitgebracht«, grinste Bob. »Und guck mal, was ich in jede reingesteckt habe!«

Peter öffnete eine der Dosen und zog einen gefalteten Zettel heraus. Als er ihn ausbreitete, entdeckte er darauf drei Fragezeichen – das geheime Symbol der Detektive.

»Okay, dann können wir losfahren«, sagte Justus und kletterte die Sprossen hinunter.

Es dauerte fast eine halbe Stunde, bis sie mit ihren Fahrrädern die Fabrik erreicht hatten. Sie fuhren durch das große Firmentor mit dem Schwein und dem Rind aus Stein. Dann schlossen sie ihre Fahrräder an und gingen über das Gelände. Zurzeit herrschte reger Betrieb bei Bocks Wurstwaren.

Viele Lastwagen standen auf dem Hof oder rangierten gerade an die Laderampen.

»Wir müssen zum Haupteingang!«, rief Justus und ging voran.

Sie liefen die Stufen hoch und betraten die große Empfangshalle. Am Ende des Raumes stand ein langer Tresen und dahinter lächelte eine junge Frau. »Guten Tag. Womit kann ich dienen?«, fragte sie freundlich.

Justus räusperte sich und schritt entschlossen auf sie zu. »Hallo, wir sind vor zwei Tagen schon mal hier gewesen.«

»Verstehe, zur offiziellen Einweihung?«

Justus nickte. »Genau. Und da haben wir was vergessen. Und zwar meinen Rucksack. Ich glaube, irgendwo auf dem Weg durch die Hallen habe ich ihn liegen gelassen. Ist er vielleicht hier abgegeben worden?«

Die Frau schüttelte den Kopf. »Tut mir Leid. Hier ganz bestimmt nicht. Solche Dinge werden immer sofort zu mir gebracht.«

»Könnten wir denn mal danach suchen?«, fragte Bob dazwischen.

»Das geht leider nicht. Ohne Begleitperson darf kein Betriebsfremder hier herumlaufen. Aber ich kann mir eure Telefonnummer aufschreiben. Falls der Rucksack gefunden wird, rufen wir an.«

Justus verknotete nervös seine Finger und diktierte: »Eins, zwei, drei, vier, fünf und die Sechs«, stotterte er und bekam einen roten Kopf.

»Na, das ist ja endlich mal eine Nummer, die man sich gut merken kann«, lachte die Frau. »Kann ich sonst noch etwas für euch tun?«

Jetzt machte Peter entschlossen einen großen Schritt nach vorn. »Ja, ich muss mal auf Toilette.«

»Kein Problem. Gleich da vorn auf der rechten Seite befindet sich das Besucher-WC«, erwiderte sie freundlich. Als sie sah, dass alle drei dorthin gingen, schmunzelte sie und widmete sich wieder ihrer Arbeit.

»Verdammt«, flüsterte Bob. »Die kann uns die ganze Zeit beobachten. Los, Peter, mach schnell! Justus und ich warten hier.«

Peter verschwand in der Toilette. Innen war alles sehr modern und blitzte vor Sauberkeit. Er öffnete eine der Türen und hob den Klodeckel an. Dann krempelte er die Ärmel hoch und holte eine Filmdose aus dem Rucksack. Als er mit seiner Hand in die Toilette eintauchte, verzog er das Gesicht. Er musste die Dose ganz tief hineindrücken, damit sie nicht wieder auftauchte. Dies alles dauerte länger, als er gedacht hatte.

»Wo bleibt der nur?«, flüsterte Justus vor der Tür.

»Ganz cool bleiben, Just, wir dürfen nicht auffallen«, beruhigte ihn Bob.

»Möchtet ihr was trinken? Es scheint so, als würde es bei eurem Freund ein wenig länger dauern!«, rief plötzlich die freundliche Dame und grinste herüber.

Bob reagierte spontan. »Ja, ich hätte gern eine Cola.«

»Ha! Bloß nicht auffallen«, zischte Justus ihn an.

Bob ging zu der jungen Frau und bekam eine kleine Flasche Cola.

Hinter der Tür stopfte Peter unermüdlich eine Dose nach der anderen in die Toilette.

Justus hielt es nicht mehr aus. »Ich geh da jetzt rein. Peter verstopft sonst noch das ganze Klo mit den Dosen.«

In dem Moment bog eine Putzfrau um die Ecke. Sie schob einen großen Wagen mit Putzmitteln, Lappen und Toilettenpapier vor sich her und steuerte direkt auf die Herrentoilette zu.

»Guten Morgen, Miss Blackwater«, wurde sie von der jungen Frau hinterm Tresen begrüßt.

»Tag«, murmelte Miss Blackwater zurück.

Justus und Bob liefen aufgeregt hin und her. Drinnen drückte Peter fleißig die Dosen in die Kanalisation und die Putzfrau näherte sich unaufhaltsam. Gerade wollte sie die Tür öffnen, als Bob vor ihren Augen seine Colaflasche auf den Boden fallen ließ. Sie zersprang in tausend Scherben.

»Das hast du doch mit Absicht gemacht, Junge«, fuhr Miss Blackwater ihn an. »Ich hab genau gesehen, wie du sie fallen gelassen hast.«

»Nie im Leben«, entschuldigte sich Bob und zwinkerte Justus zu. »Die ist mir aus Versehen runtergefallen.«

Miss Blackwater wollte sich gerade richtig aufregen, als die Frau am Tresen ihnen zu Hilfe kam. »Warum sollte jemand mit Absicht Flaschen zerschlagen? Bitte seien Sie so gut und beseitigen Sie das.«

Widerwillig schlurfte die Putzfrau zu ihrem

Wagen, holte Besen und Schaufel und fegte die Colaflasche zusammen. »Wenn ihr meine Bengels wärt, würdet ihr jetzt euer blaues Wunder erleben«, fauchte sie.

Flussfahrt

Während Miss Blackwater noch den Boden fegte, kam Peter wieder aus der Herrentoilette heraus.

»Gibt es noch mehr von eurer Sorte?«, grummelte sie launisch und schlurfte mit ihrem Putzwagen durch die Tür.

»Was ist denn hier los?«, fragte Peter.

»Wir erzählen es dir später«, flüsterte Justus. »Lasst uns schnell abhauen, ich hab dahinten Bertholt von Bock gesehen.«

Im Hinausgehen drehte sich Justus noch einmal um. Für einen Moment trafen sich ihre Blicke, dann wandte sich der Juniorchef der Frau am Tresen zu.

»Mann, ich dachte schon, du würdest nie mehr aus dem Klo kommen«, begann Bob, als sie wieder draußen waren.

»Ach ja? Dann kannst du ja beim nächsten Mal die Drecksarbeit machen«, schimpfte Peter. »Vielleicht stellst du dann einen neuen Rekord auf.«

Justus beschwichtigte die beiden. »Hört auf zu streiten. Wir müssen jetzt schnell zu unserem Gulli. Sonst verpassen wir noch den Zeitpunkt, wenn die Dosen vorbeitreiben.«

Sie liefen zu den Fahrrädern und erreichten wenig später den Schrottplatz. Bob sah auf das große Gebüsch und hielt plötzlich an. »Sag mal, Just, über eine Sache haben wir noch gar nicht gesprochen. Wir müssen doch wohl nicht wieder zu dem Glibberhaufen?«

Abrupt blieb auch Peter stehen und blickte entsetzt auf Justus.

»Nein. Nach meinen Berechnungen müssen die Dosen direkt unter unserem Gulli vorbeischwimmen. Es reicht, wenn wir von oben mit den Taschenlampen alles beobachten. Falls eine Dose kommen sollte, werde ich runtersteigen und sie holen.« Peter und Bob waren zufrieden.

Die drei ??? bahnten sich wieder den Weg durch das Gebüsch. Der Gullideckel lag noch neben dem Schacht und die Fliegen flogen weiterhin munter heraus. Justus, Peter und Bob legten sich flach auf den Bauch und starrten in das dunkle Loch.

»Um Batterien zu sparen, sollten wir nur eine Taschenlampe anschalten«, schlug Bob vor.

Das Licht reichte gerade, um das trübe Wasser am Grund zu erkennen. Gleichmäßig floss es unter ihnen hinweg.

»Was meinst du, wie lange es dauert, Just?«, fragte Peter.

»Keine Ahnung«, antwortete dieser. »Vielleicht kommen die Dosen gleich, vielleicht aber auch erst in einer Stunde. Wir müssen abwarten.«

Es passierte nichts. Die erste Taschenlampe gab ihren Geist auf und Bob holte schnell die nächste aus seinem Rucksack. »Und wenn das ganze Theater umsonst war und überhaupt keine Dose kommt?«, zweifelte er plötzlich. »Was ist, wenn unsere Theorie völlig verkehrt ist? Bisher haben wir gegen Bock keine Beweise.«

»Um das herauszufinden, liegen wir doch hier«, erklärte Peter.

Nach einer Stunde war auch die zweite Taschenlampe am Ende. Die Laune der drei ??? ließ mit den Batterien nach. Justus rieb sich angestrengt die Augen. Ihn nervten die ganzen Fliegen und aus dem Gulli kam ekliger Gestank hoch. Immerhin hatte er dabei keinen Hunger – und das war sehr selten.

Plötzlich zeigte Peter in das Loch. »Da! Seht mal, ich glaube, dort kommt eine!«

Bob und Justus starrten aufgeregt nach unten. Tatsächlich. Im matten Schein der Taschenlampe trieb eine Filmdose auf dem trüben Wasser.

»Okay!«, rief Justus. »Gib mir die Lampe, ich hol das Ding hoch.«

Blitzschnell rutschte er über die Schachtkante und kletterte die Sprossen hinab. Unten angekom-

men leuchtete er in den Kanal. »He, ich sehe ganz viele von den Dosen. Eine nach der anderen kommt jetzt angeschippert«, rief er freudig nach oben. Dann fischte er zwei aus dem Wasser und krabbelte wieder hoch.

Obwohl sich inzwischen jeder sicher war, öffneten sie die Filmdosen und freuten sich über die kleinen Zettel mit den drei Fragezeichen.

Deckel zu

Peter wedelte mit der Filmdose in der Luft und triumphierte: »Jetzt haben wir den Bock. Hiermit kann er einpacken.«

Sie schoben die schwere Eisenplatte wieder über den Kanalschacht. Mit einem lauten Krachen verschloss der Deckel die Öffnung. Justus schaufelte noch ein paar Hände voll Erde darüber. »So, jetzt kommen die Viecher nicht mehr durch die Löcher. Sollen die sich doch einen anderen Ausgang suchen. Tante Mathilda wird sich freuen.«

»Die Idee hatte ich von Anfang an«, beschwerte sich Peter.

Justus gab ihm Recht: »Ich weiß, aber da waren unsere Untersuchungen noch nicht beendet.«

Dann überlegten sie, wie es weitergehen sollte. Sie schlenderten über den Schrottplatz und Bob putzte sich die Brille mit seinem T-Shirt. »Leicht wird es nicht werden«, begann er. »Wir können nicht einfach zur Polizei gehen und denen die Filmdose auf den Tisch knallen. Außerdem weiß ich gar nicht, ob die Polizei dafür zuständig ist. Mein Vater wüsste jetzt genau, was zu tun wäre.«

»Was ist, wenn wir deinen Vater in die Geschichte einweihen? Er würde daraus bestimmt eine Riesenstory in der Zeitung machen«, schlug Justus vor.

Bob schüttelte den Kopf: »Wenn der mitbekommt, dass ich in der Kanalisation von Rocky Beach mit Ratten kämpfe, kann ich für den Rest der Ferien in meinem Zimmer versauern. Nee, nee, meinen Vater müssen wir da raushalten.«

Justus setzte sich auf einen alten Kühlschrank: »Und wenn wir ihm heimlich die Beweise unterschieben? Wir bleiben inkognito und dein Vater hat die Story.«

»Inkognito?«, fragte Peter nach.

»Na, wir sind dann unbekannte Informanten«, erklärte ihm Justus. »Nur leider reicht uns da ein zerknickter Zettel mit drei Fragezeichen nicht. Am besten wäre ein Foto. Genau! Ein Foto von dieser vermeintlichen Wasserreinigungsanlage. Ich wette, das Geheimnis liegt hinter der roten Tür in Bocks Wurstwarenfabrik.«

Bob setzte sich die Brille wieder auf: »Das wär's. Das Foto kommt auf die erste Seite und mein Vater schreibt die Geschichte dazu. Schachmatt für Bock. Jetzt gibt es nur noch ein paar Probleme.«

»Ich weiß«, fuhr Justus fort. »Erstens müssen wir noch mal in die Fabrik, zweitens in den Raum mit der roten Tür. Drittens brauchen wir einen Fotoapparat und viertens müssen wir unentdeckt wieder rauskommen.«

»Den Fotoapparat könnte ich von meinem Vater besorgen«, bot Bob an.

»Na bitte, der Rest wird sich schon finden«, freute sich Justus. »Ich würde sagen, nach dem Mittagessen treffen wir uns direkt bei den Fahrradständern vor der Wurstfabrik. Und, Bob, wenn es geht, bring am besten die ganze Reportertasche von deinem Vater mit!«

Peter steckte die Hände in die Hosentaschen und grummelte vor sich hin: »Der Rest wird sich finden ... Wenn ich das schon höre.«

Feueralarm

Sofort nach dem Essen schnappte Justus seinen Rucksack und lief aus dem Haus.

»Wo willst du nur wieder so schnell hin?«, rief ihm Tante Mathilda durchs Küchenfenster hinterher, doch er konnte sie schon längst nicht mehr hören.

Als er auf dem Betriebsgelände der Wurstfabrik ankam, wartete Peter schon bei den Fahrradständern.

»Jetzt fehlt nur noch Bob«, begrüßte er Justus.

Bob ließ eine Weile auf sich warten, doch dann sahen sie ihn, wie er mit wehenden Haaren angeradelt kam. »Tut mir Leid, aber mein Vater wollte mir seine Reportertasche nicht gleich geben. Dann hab ich ihm erzählt, dass wir einen Bericht für die Schülerzeitschrift machen.«

»Über was für ein Thema denn?«, wollte Justus wissen.

Bob grinste ihn an: »Über die Gebrüder Wright.«

Peter fing an zu lachen: »Na ja, irgendwie hat das auch was mit Fliegen zu tun.«

Dann schlossen sie ihre Fahrräder zusammen und betraten die große Eingangshalle. Hinter dem Tresen saß noch immer die freundliche junge Frau. Sie erkannte die drei sofort und lächelte: »Hallo, habt ihr schon wieder etwas vergessen?«

Justus ging auf sie zu: »Wir nicht. Aber Mister Andrews, mit dem wir vorgestern hier waren.«

»Ah, der Reporter?«, erinnerte sie sich.

»Genau«, sagte Justus erleichtert. »Er hat vergessen, ein Foto von der großen Produktionshalle zu machen, für einen weiteren Bericht, verstehen Sie? Tja, und da er momentan wenig Zeit hat, bat er uns, das zu erledigen.« Bei den letzten Worten zeigte er auf die Reportertasche.

Peter und Bob sahen ihn anerkennend an und nickten zur Bekräftigung.

»Ich weiß nicht, ob das so einfach geht«, antwortete die junge Frau. »Entschuldigt bitte, ich muss kurz nachfragen.« Sie nahm den Telefonhörer und unterhielt sich leise mit jemandem. »Ihr scheint Glück zu haben. Mister von Bock kommt gleich persönlich zu euch. Wenn ihr so lange dort drüben Platz nehmen wollt?« Sie zeigte auf die Sitzgruppe vor einem großen Fenster.

Die drei ??? drehten sich um und durchquerten die Halle.

»Der Bock kommt persönlich?«, flüsterte Bob sichtlich nervös. »Ich glaube nicht, dass der sich so leicht in die Karten gucken lässt.«

Peter war auch nicht gerade begeistert: »Der Rest wird sich finden ...«, grummelte er vor sich hin.

Lange brauchten sie nicht zu warten, dann kam Bock direkt auf sie zu. »Guten Tag, die Herren Reporter. Ich hab gehört, ihr braucht ein paar Fotos?«

Justus sprang vom Sessel auf und gab ihm die Hand. »Genau. Mister Andrews benötigt noch einige Aufnahmen aus der Produktionshalle.«

Er brauchte gar nichts weiter zu erklären, denn der Juniorchef stimmte sofort zu: »Dann verlieren wir keine Zeit. Ich werde euch selbstverständlich begleiten, nicht dass sich noch einer in unserer Fabrik verläuft.«

Er lachte und seine Augen funkelten sonderbar. Dann führte er sie durch die langen Flure in die große Produktionshalle.

»Der lässt uns nicht eine Sekunde aus den Augen«, sagte Bob leise, doch Justus schien dies nicht zu beunruhigen.

»So, meine Freunde, dann macht mal euer Bild!«, grinste von Bock.

Bob öffnete umständlich die Fototasche. »Was mach ich denn jetzt?«, flüsterte er.

Justus zwinkerte ihm zu: »Fotografier einfach irgendetwas.«

Die Produktion lief auf Hochtouren. Die Arbeiter in den weißen Anzügen kontrollierten die Maschinen und machten sich Notizen. Auf den Förderbändern liefen gleichmäßig zahllose Wurstdosen entlang. Bock verschränkte seine Arme über dem dicken Bauch und beobachtete Bob.

Justus stand mittlerweile etwas abseits und öffnete unbemerkt seinen Rucksack. Vorsichtig griff er hinein und holte einen kleinen Hammer heraus.

Neben ihm hing ein Feuermelder an der Wand. Plötzlich kullerten einige Dosen scheppernd vom Förderband und Justus nutzte die Gelegenheit. Blitzschnell schlug er mit dem Hammer die Glasscheibe des Feuermelders ein. Sofort ertönte eine Alarmsirene und überall leuchteten gelbe Signallichter auf.

»Was zum Teufel ist denn jetzt los?«, rief von Bock ärgerlich. »Ihr bleibt hier stehen und rührt euch nicht von der Stelle!«, mahnte er die drei Detektive. »Sicherlich ist es nur ein Fehlalarm.«

Alle in der Halle rannten durcheinander und von Bock lief zurück in den Flur.

»Los!«, flüsterte Justus. »Das ist die Chance. Wir müssen schnell zu der roten Tür!«

Fototermin

Unbemerkt gelangten die drei ??? zu der Tür.

»Just, was ist, wenn sie verschlossen ist?«, fragte Peter atemlos.

Justus guckte ihn etwas überrascht an: »Manchmal muss man Glück haben.« Dann packte er fest mit beiden Händen den Türgriff und drückte ihn herunter. Tatsächlich, sie ließ sich öffnen. Justus grinste und betrat den Raum. Ihm folgte Bob und zuletzt kam Peter, der die Tür wieder hinter sich verschloss. Es war stockdunkel.

»Irgendwo muss doch ein Lichtschalter sein«, sagte Bob und tastete die Wand ab.

»Hier ist was!«, rief Peter. Dann flackerten an der Decke Neonröhren auf und es wurde taghell.

»Seht ihr, was ich sehe?«, begann Justus und gab sich selbst die Antwort. »Hier ist nichts, was auch nur im Entferntesten nach einer Wasserreinigungsanlage aussieht.«

Die Rohre, die in den Raum hineinführten, bündelten sich zu einem sehr dicken Rohr, das am Ende einfach im Fußboden verschwand.

»Wie wir vermutet haben«, fuhr Bob fort. »Die fettige Brühe aus der Wurstfabrik läuft hier durch und wird direkt in die Kanalisation von Rocky Beach geleitet. Die Fliegen freuen sich.«

»Machen wir schnell das Foto und dann nichts wie weg!«, flüsterte Peter.

Bob hatte den Apparat noch in der Hand und fotografierte in jede Richtung. »Irres Gefühl«, grinste er. »Vielleicht werden diese Fotos schon bald tausendfach gedruckt.«

»Das glaube ich nicht«, hörten sie plötzlich eine tiefe Stimme.

Die drei ??? drehten sich erschrocken um.

An der Tür stand von Bock, neben ihm zwei seiner Schlachter mit blutverschmierten Schürzen. »Meine kleinen Reporterfreunde«, begann Bock in einem fast freundlichen Ton. »Da lass ich euch, nett wie ich bin, frei hier umherlaufen und wie dankt ihr es mir? Es wird rumgeschnüffelt. Das mag der liebe Onkel Bock gar nicht leiden. Und besonders hier nicht. Nachher macht ihr noch etwas kaputt. Ihr wisst doch, so eine Reinigungsanlage kostet Millionen. Ihr seht doch hier so eine Anlage, oder?« Die drei ??? nickten eifrig. »So ist's brav. Es geht doch nichts über eine gute Erziehung. Schon mein Großvater, Max von Bock, pflegte immer zu sagen: Junge, steck deine Nase nicht in anderer Leute Dinge, sonst wird man dir eines Tages gehörig auf sie draufhauen. Tja, ihr hättet euch auch an diese Lebensweisheit halten sollen.«

Peter nahm seinen ganzen Mut zusammen: »Wir

werden uns ab jetzt daran halten, Mister Bock«, beteuerte er mit zittriger Stimme.

»Von Bock!«, verbesserte ihn der Juniorchef scharf. »Tut mir Leid, Freunde, manche Dinge lassen sich nicht rückgängig machen. Aus einer Wurst kann man kein Schwein mehr machen.« Die beiden Schlachter lachten dumpf.

Justus holte tief Luft und sah von Bock zum ersten Mal in die Augen: »Woher wussten Sie, dass wir hier drin sind?«

Von Bock trat einen Schritt nach vorn: »Das will ich dir sagen. Ich hab dich schon heute Morgen bemerkt, als du deinen vermeintlich verlorenen

Rucksack bei uns gesucht hast. Da hab ich dich gleich erkannt: Der neugierige Bengel von der Einweihung. Ich war froh, dass nach deiner vorlauten Frage keiner der Gäste unsere tolle Anlage auch noch sehen wollte. Tja, und dann hast du einen sehr dummen Fehler gemacht.« Peter und Bob guckten Justus an. »Am Morgen suchst du noch verzweifelt deinen tollen Rucksack, und ein paar Stunden später kommst du mit dem Ding hier angelaufen. Da brauchte ich nur zwei und zwei zusammenzuzählen. Ich wette, das mit dem Feueralarm seid ihr auch gewesen. Übrigens, nur dadurch ließ sich die Tür überhaupt öffnen. Normalerweise ist die natürlich fest verschlossen, aber bei Feuer werden alle Türen automatisch als Fluchtweg entriegelt. Mehr Glück als Verstand. Ich nehme nicht an, dass euer Spatzenhirn so weit gedacht hat. – Genug geplaudert. Ich glaube, es wird Zeit.«

Mit diesen Worten ging er langsam auf die drei ??? zu. Die beiden Schlachter folgten ihm und wischten ihre Hände an den Schürzen ab.

Verwurstet

Sie kamen auf Bob zu. Unaufhaltsam rückten sie näher.

»Wieso ich?«, wimmerte dieser. Von Bock gab den beiden Schlachtern ein Zeichen und einer packte Bob an den Armen. Der Juniorchef bückte sich und sah ihm in die Augen: »So, mein Freund, jetzt möchte ich, dass du mir einen Gefallen tust. Sei doch bitte so lieb und gib mir deinen schönen Fotoapparat!«

»Sie können den sogar geschenkt haben«, stammelte Bob.

»Ach was, ich will mir nur mal die schönen Bildchen angucken.« Er entriss ihm mit Gewalt den Apparat, öffnete ihn und zog den Film heraus. Der Film war jetzt belichtet und damit wertlos.

»Oh, schade, alles schwarz. Leider ist der Film nichts geworden. Hier hast du ihn wieder.«

Peter knabberte unaufhörlich an den Fingernägeln und Justus kramte in der Reportertasche. »Was haben Sie jetzt mit uns vor?«, fragte er ängstlich.

»Lass mich überlegen«, antwortete von Bock. »Ich muss da mal genau drüber nachdenken.« Er drehte sich um und schritt durch den Raum. Der eine Schlachter hielt immer noch den zitternden Bob fest. Von Bock ließ sich sehr viel Zeit.

Mittlerweile wurden die Alarmsirenen wieder ausgeschaltet. Bob sah auf die blutigen Schürzen der beiden Schlachter. Vor seinem geistigen Auge tauchten plötzlich die riesigen Kessel auf. Wollte man sie in die Wurstmaschine werfen? Niemand wusste, dass sie hier waren, und deshalb würde auch niemand nach ihnen suchen. Mutlos ließ er den Kopf hängen.

»Ihr wollt doch immer alles so genau wissen«, begann Berthold von Bock. »Dann werde ich euch mal demonstrieren, wie das in einem Schlachthof abläuft. Da kommen also unsere quieklebendigen Schweine bei uns an und plötzlich wird es für sie dunkel.«

In diesem Moment schaltete der zweite Schlachter das Licht aus. Es war jetzt stockfinster im Raum.

»Die armen Schweine ahnen natürlich noch nichts. Sie werden nur noch ganz kurz zu leben haben. Es wird alles ganz schnell gehen. Ein kurzer scharfer Schnitt und ein paar Minuten später finden sie sich in Dosen wieder.«

Die drei ??? hörten, wie ein Messer geschliffen wurde.

Peter hielt es nicht mehr aus: »Das können Sie nicht machen!«, schrie er, so laut er konnte.

»Hier drin hört dich keiner, mein Freundchen«, lachte von Bock. »Und auf ein erbärmliches Quieken mehr oder weniger kommt es nicht an ... und auf ein paar Dosen mehr oder weniger auch nicht.«

Die drei ??? hatten Todesangst. Lange Zeit vernahmen sie nur das eintönige Schleifen der Klinge. Sie wagten kaum zu atmen und es schien, als hörte man ihre pochenden Herzen trommeln. Das Warten wurde unerträglich.

Plötzlich schlug von Bock mit der Faust auf die Stahlrohre. Der Schlag hallte im Raum und das grelle Neonlicht flackerte wieder auf. Seine Augen zogen sich zusammen: »Ich glaube, ich weiß jetzt, was ich mit euch mache.«

Die drei schlossen die Augen.

»Ich werde euch einfach laufen lassen.«

Justus, Peter und Bob sahen sich verwundert an. Selbst die beiden Schlachter machten ein dummes Gesicht.

»Genau, ich lass euch laufen. Haut doch einfach ab und erzählt es eurer Mama. Von mir aus geht zur Polizei, zur Zeitung, zum Fernsehen oder sonst wohin. Mir soll es egal sein.«

Justus konnte es nicht glauben: »Ich verstehe Sie nicht?«, entfuhr es ihm.

Peter trat ihm in die Waden: »Hast du nicht gehört? Ihm ist es egal. Bloß raus hier!«, zischte er.

»Was sollte schon passieren?«, grinste von Bock. »Ihr quatscht es überall herum, das Aufsichtsamt guckt sich das hier alles an und ich stell mich einfach dumm. Ich werde dafür schon einen Schuldigen in meiner Fabrik finden. Der wird natürlich auf der Stelle gefeuert. Dann werde ich reumütig ein paar Mark für den Umweltschutz spenden und nach drei Monaten ist die Sache vergessen. So einfach ist das. Und jetzt darf ich euch höflich bitten, die Fabrik zu verlassen.«

Peter ließ sich das nicht zweimal sagen und rannte zur Tür. Justus und Bob folgten ihm.

»Und lasst euch am Empfang eine schöne Tüte Wurst einpacken«, rief ihnen von Bock hinterher. »Ihr sollt ja nicht mit leeren Händen nach Hause gehen.«

Er hielt sich seinen dicken Bauch vor Lachen und seine beiden Schlachter grinsten hämisch.

Pressearbeit

Als sie Bock nicht mehr sehen konnten, rannten alle drei, so schnell sie konnten. Die junge Frau hinterm Tresen schüttelte schmunzelnd den Kopf, als sie an ihr vorbeisausten. Peter fühlte immer noch von Bocks dreckiges Lachen im Ohr. Endlich waren sie wieder draußen und schnappten nach Luft.

»Ich dachte, wir kommen da nicht mehr heil raus«, keuchte Bob und rückte seine Brille gerade.

Peter war immer noch bleich im Gesicht: »Ich ess nie wieder Wurst«, schwor er.

Doch auf dem Weg zu den Fahrrädern blieb Bob enttäuscht stehen. »Auf der anderen Seite ist es jammerschade, dass wir den Bock nicht drankriegen können. Alles, was wir angestellt haben, ist umsonst gewesen. Der Typ hat Recht. Die Sache wird für ein bisschen Wirbel sorgen und kurz darauf haben es alle wieder vergessen. Von Bock kann das egal sein. Außerdem haben wir sowieso nichts in der Hand. Der Film ist im Eimer.«

»Sei doch froh, dass er aus uns keine Wurst gemacht hat«, schimpfte Peter. »Diesem Typen würde ich alles zutrauen. Und erst seine beiden Schlachter. Die sahen richtig mordlustig aus. Habt ihr das Blut an ihren Schürzen gesehen? Die würden ihren Chef garantiert niemals verpfeifen. Zwei gehirnlose Gehilfen.«

Plötzlich hörten sie eine blecherne Stimme hinter sich: »... ich stell mich einfach dumm. Ich werde dafür schon einen Schuldigen in meiner Fabrik finden. Der wird natürlich auf der Stelle gefeuert ...«

»Das ist die Stimme vom Bock!«, schrie Peter und wollte wegrennen. Doch dann sah er Justus, der grinsend das Diktiergerät aus der Reportertasche hochhielt.

»Ich glaube es nicht«, lachte Bob. »Just hat alles aufgenommen. Mir dreht der Schlachter den halben Arm ab, und der spielt mit dem Kasten herum. Ist ja irre. Weißt du, was das bedeutet?«

»Damit ist Bock endgültig erledigt«, sagte Justus bedeutsam. »Das hier ist viel besser als ein Foto.

Wir müssen die Kassette nur noch unauffällig Bobs Vater zustecken. Der wird die Sache schön ausschlachten.«

»Aber was ist, wenn unsere Stimmen mit auf der Aufnahme sind? Dann kriegen unsere Eltern die ganze Sache mit«, gab Peter zu bedenken.

»Keine Angst«, beruhigte ihn Justus. »Ich hab immer nur Bock aufgenommen.«

»Von Bock!«, verbesserte ihn Bob und musste lachen. »Ich habe auch schon eine Idee, wie wir die Kassette meinem Vater unauffällig zuspielen. Ich pack die Aufnahme in einen Umschlag. Den lege ich dann vor die Tür, klingle und verschwinde.«

»Und wenn er keine Lust hat, die Kassette zu hören?«, bemerkte Peter.

»Ach was. Mein Vater ist Reporter. Der ist viel zu neugierig. Obwohl, eine Sache werde ich vorher noch machen. Gib mir mal bitte die Kassette, Just!«

»Was hast du denn damit vor?«, wollte dieser wissen und gab sie ihm.

Bob zog einen Stift aus seiner Hosentasche und malte ein Fragezeichen auf das Beschriftungsfeld.

Dann reichte er die Kassette mit dem Stift weiter. Justus und Peter verstanden, was sie zu tun hatten.

Verbockt

Justus Jonas wälzte sich noch einmal in seinen Kissen herum. Es schien schon recht spät zu sein, denn die Sonne stand sehr hoch und strahlte hell in sein Zimmer. Er hatte geschlafen wie ein Stein. Zwar wusste er, dass er viel geträumt hatte, konnte sich jetzt aber an keine einzige Sache mehr erinnern.

Plötzlich klopfte es an seiner Tür. »Justus, komm runter. Du hast Besuch!«, hörte er Tante Mathilda rufen.

»Ja, ich komme schon«, rief er zurück. Er zog sich schnell an und lief die Treppe hinunter.

»Der Besuch sitzt in der Küche!«, tönte seine Tante aus dem Keller. Er öffnete die Tür und sah Peter und Bob grinsend vor einer Tasse Tee sitzen.

»Just, mach mal die Augen zu«, begrüßte ihn Bob. Justus hielt sich die Hand vor sein Gesicht. »Jetzt kannst du gucken!«

Er schielte durch die Finger und sah auf die Schlagzeile der Zeitung: ›Skandal bei Bock. Juniorchef verhaftet. Großer Bericht auf der letzten Seite‹.

»Na bitte«, lachte Justus und ballte die Faust. Die drei ??? klatschten sich an die Hände und sprangen in der Küche umher. Dann las Bob laut den Bericht vor. Oben drüber stand fett gedruckt der Name von Bobs Vater. Noch am Abend war die Wurstfabrik vorläufig stillgelegt und Bertholt von Bock festgenommen worden. Durch die Tonbandaufnahme war die Beweislast erdrückend gewesen und auf einem Foto sah man, wie Bock aus seiner Fabrik abgeführt wurde. Die Gesichter der drei Detektive strahlten.

Tante Mathilda kam gerade mit einem schweren Sack aus dem Keller und blickte auf die Zeitung. »Das hat dein Vater gut hingekriegt«, wandte sie sich an Bob. »Und jetzt werde ich euch mal was sagen: Ich hab das Gefühl, seitdem diese Wurstfabrik stillgelegt wurde, gibt es viel weniger Fliegen bei uns im Garten. Als ob da irgendein Zusammenhang besteht. So etwas solltet ihr mal rausfinden.«

Die drei grinsten sich an.

»Und wisst ihr was? Zur Feier des Tages habe ich einen Kirschkuchen gebacken. Endlich kann man sich wieder im Garten aufhalten.«

Wenig später saßen alle um einen runden Tisch auf der Veranda und aßen den leckersten Kirschkuchen von Rocky Beach. Tante Mathilda lief fröhlich mit der Kaffeekanne herum und Onkel Titus zeigte den dreien den Original-Rasierapparat von Humphrey Bogart.

Plötzlich kam ein Wagen auf den Hof gefahren und Bobs Vater stieg aus.

»Hallo, Mister Andrews«, begrüßte ihn Tante Mathilda. »Herzlichen Glückwunsch zu Ihrer Geschichte in der Zeitung. Ich muss Sie nachher in Ruhe sprechen, ich hab da so einen Verdacht.«

Bobs Vater nickte etwas unsicher, ging zu den drei ??? und zog ein kleines Paket aus der Jackentasche. »Ich glaube, das gehört euch«, sagte er und legte es auf den Tisch.

Justus guckte vorsichtig hinein und erkannte das Diktiergerät. »Das gehört nicht uns«, verneinte er und wurde rot.

»Doch, doch, ich bin mir ganz sicher, dass es euch gehört. Ich weiß auch, dass ihr es gut gebrauchen könnt«, grinste der Reporter. »Und sagt jetzt nichts, denn wenn einer sich zu bedanken hat, bin ich es.«

Die drei ??? sahen sich kurz an und wussten ihr Geheimnis bei ihm in guten Händen.

Um ein Geheimnis geht es auch im nächsten Band: Diesmal geraten Justus, Peter und Bob mitten in die Dreharbeiten zu einem spannenden Actionfilm.

Die drei ??? schlichen aus der Hütte und verfolgten Hauser in sicherem Abstand. Nach ein paar Minuten sahen sie, wie er auf dem Parkplatz in ein Auto stieg.

»Die schwarze Limousine mit dem roten Skorpion«, flüsterte Peter.

»Mit wem redet er wohl?«, fragte Bob. »Und wie geht's jetzt weiter?«

»Ich bin sicher, dass er mit seinen Auftraggebern oder mit seinem Boss spricht. Und ich kann mir auch denken, was er als Nächstes tun wird«, flüsterte Justus.

Kapitän Larsons Tiere sind in Gefahr. Justus, Peter und Bob, drei junge Detektive aus Rocky Beach, stoßen bald auf eine spannende Fährte. Es riecht gewaltig nach Abenteuer...

Leseprobe aus „Die drei ??? Kids – Panik im Paradies" von Ulf Blanck; erschienen bei Kosmos Verlag, Stuttgart.

Liebe ???-Leserin, lieber ???-Leser,

ab sofort findest du in jedem neuen ???-Buch einen Sammelpunkt zum Ausschneiden. Sobald du

7 Punkte

gesammelt hast, bekommst du ein **tolles Überraschungsgeschenk**, das dich als Mitarbeiter im ???-Team ausweist. Neugierig geworden? Dann los! **Den ersten Sammelpunkt findest du bereits auf dieser Seite!**

Viele Grüße aus Rocky Beach
von Justus, Peter und Bob.

Und so wird's gemacht:

1. Die Sammelpunkte ausschneiden.
2. Sieben Sammelpunkte auf eine Postkarte kleben.
3. Deinen Namen, deine Adresse und dein Alter nicht vergessen!

Dann schickst du die Postkarte an folgende Adresse:

Kosmos Verlag
Programm Kinder- und Jugendbuch
Postfach 10 60 11
70049 Stuttgart

Wir freuen uns auf deine Einsendung!

Die drei ??? Kosmos

STECKBRIEF
Name:
Justus Jonas
Alter:
10 Jahre
Adresse:
Rocky Beach, USA
was ich mag:
essen, lesen, unbeantwortete Fragen + Rätsel aller Art, Schrott
was ich nicht mag:
wenn ich Pummelchen
werde, für Tante Mathilda
was ich mal werden will:
Kriminologe
Kennzeichen:
das weiße Fragezeichen
was ich mag:
schwimmen,
Justus und
was ich nicht mag:
für Tante
räumen,
Profisportler,
100 Jahre alt
Kennzeichen:
blaues